Das verdrängte Kind

Anmerkung der Autorin

Die Personen, Wege und Schauplätze der Handlung sind frei erfunden. Ähnlichkeiten mit lebenden oder toten Personen sind zufällig und unbeabsichtigt. Die Handlung spielt im Zürcher Oberland, aber die Dörfer und Kleinstädte, sind einfach typische Oberländer Gemeinden, die es in der beschriebenen Form nicht gibt, auch wenn gewisse Details vielleicht zufällig an bestehende Orte erinnern können.
siehe auch Kleine Einleitung

Das Titelfoto wurde von mir an einem der «Schauplätze» aufgenommen.

Ursula Wintsch

Das verdrängte Kind

Bibliografische Information der Deutschen Nationalbibliothek
Die Deutsche Nationalbibliothek verzeichnet diese Publikation in der
Deutschen Nationalbibliografie; detaillierte bibliografische Daten sind
im Internet über http://dnb.dnb.de abrufbar.

© 2017 Ursula Wintsch
Satz, Umschlaggestaltung, Herstellung und Verlag:
BoD – Books on Demand
ISBN 978-3-7412-3425-5

Kleine Einleitung

Das Zürcher Oberland ist überschaubar, wenn man es auf der Karte betrachtet. Allerdings sieht es in der Wirklichkeit etwas anders aus. Neben der geografischen Begebenheit, dass Hügel die Dörfer in den Tälern trennen, gibt es noch verkehrstechnische Separierungen.

Da die Sicht der Bewohner nach der Grossstadt ausgerichtet ist, die für viele einen Arbeitsplatz bietet, sind auch die Verkehrswege entsprechend angelegt. Die öffentlichen Busse sammeln sich sternförmig am Bahnhof der Kleinstädte. Von dort gehen dann die S-Bahnen bequem nahe ans gewünschte Ziel.

So kann es sein, dass Nachbardörfer gar nicht so enge Beziehungen pflegen, einfach weil es keine direkte Verkehrsverbindung zwischen ihnen gibt. Sogar im Zeitalter des allgegenwärtigen Autos kann dies ein Hinderungsgrund sein.

Unsere Geschichte spielt in zwei solchen Dörfern. Das eine liegt an einem Hügel, das andere an einem kleinen Flüsschen, das aber von den Bewohnern einfach liebevoll Bach genannt wird.

Deshalb werde ich einfach vom Hügel- und Bachdorf sprechen.

Es werden auch zwei Kleinstädte erwähnt.

Während das Dorf am Bach nur mit einer, nämlich der grösseren der Kleinstädte verbunden ist, haben die Bewohner des Hügeldorfes die Auswahl zwischen beiden Kleinstädten. Sie entscheiden sich dabei meistens für die kleinere, da sie, respektive die öffentlichen Busse, mit dieser besser vernetzt sind.

So kommt es, dass in unserer Geschichte in jedem der beiden Dörfern eine Familie über Jahrzehnte lebt, ohne gegenseitigen Kontakt zu haben. Dabei ahnen sie nicht, wie eng sie miteinander verstrickt sind. Nur eine Person weiss Bescheid und diese löst dann das Unheil aus. Dabei wollte sie nur Gutes tun.

Prolog

Vor dreissig Jahren

Die Säuglingsabteilung des städtischen Krankenhauses lag in gedämpftem Licht da. Es waren nur wenige Kinder in ihren Bettchen. Die meisten lagen bei ihren Müttern auf dem Zimmer. Schwester Hedwig genoss den ruhigen Abend und die Babys taten ihr den Gefallen und schliefen.

Nur hie und da drang ein Seufzer oder ein Hüsteln bis zum Schwesterntisch vor. Schwester Hedwig hob jedes Mal den Kopf und musterte die ihr anvertrauten jungen Menschlein.

Regelmässig blieb ihr Blick an einem Kind hängen, dass eigentlich nicht so recht hierher gehörte.

Dorothee war keines der üblichen, erst wenige Tage alten Neugeborenen. Das Mädchen war schon vier Wochen alt und Hedwig in dieser Zeit ans Herz gewachsen.

Die Erfahrung hatte die achtundzwanzigjährige Schwester gelehrt, dass sie keine Beziehung zu den Kindern aufbauen sollte, die doch nach ein paar Tagen verschwanden und nie wieder gesehen wurden.

Mit diesem Baby verhielt es sich anders. Die ledige Mutter hatte ein Abkommen mit dem Spital, dass das Kind solange hier bleiben konnte, bis die Adoptiveltern es abholten.

Bis vor drei Tagen bekam es auch noch die Brust, aber inzwischen war die Milch versiegt. Man hatte die Mutter angewiesen, sich dann von ihrem Kind zu trennen und deshalb war Schwester Hedwig etwas überrascht gewesen, als diese das letzte Mal einfach mit einem kurzen «Gute Nacht» verschwunden war.

Traurig erhob sich die Schwester und trat an das Bettchen, in dem Dorothee schlief. So klein und schon allein auf der Welt, dachte sie. Na ja, stimmt nicht so ganz. Du bekommst doch neue Eltern, versuchte sie sich zu freuen, aber sie war tief im Innern etwas skeptisch. Inzwischen werde ich dich verwöhnen, beschloss sie ganz spontan und hob die Hand, um über das Köpfchen mit den braunen Haaren zu streicheln.

In diesem Moment ertönte die Glocke. Wieder ein Kind, das die Mutter über Nacht zurückschickt, dachte sie auf dem Weg zum Eingang.

Durch das gerippelte Glas der Türe sah sie, dass jemand in Strassenkleidern draussen wartete. Vorsichtig öffnete sie und atmete auf. Es war Silvia Hefti, Dorothees Mutter.

«Darf ich nochmal zu meinem Baby?», fragte sie schüchtern.

Schwester Hedwig musste nicht lange überlegen. Heute Abend konnten ihr die Vorschriften gestohlen bleiben.

«Selbstverständlich», sagte sie und lud die junge Frau, fast noch ein Mädchen, mit einer Handbewegung ein, einzutreten.

«Ich war das letzte Mal so überrascht, dass ich keine Milch mehr hatte», begann Silvia zögernd zu erklären.

«Ich war einfach nicht darauf vorbereitet, Abschied zu nehmen.»

Schwester Hedwig nickte verständnisvoll. Sie verstand den Schock, plötzlich vor die Tatsache gestellt zu werden, sein Kind nie mehr wiederzusehen.

«Gehen Sie ruhig zu ihm», schlug sie vor und reichte ihr einen weissen Kittel.

Während Silvia zum Bettchen trat, setzte sich Schwester Hedwig und beobachtete verstohlen, wie die Mutter ihr Baby auf den Arm nahm.

Warum nur musste man die beiden trennen? Die Schwester erinnerte sich an das Gespräch, das sie vor zwei Wochen mit Silvia gehabt hatte. Damals lud sie die junge Frau nach dem Stillen noch zu einem Kaffee ein. Was ihr Silvia erzählte, beschäftigte sie noch lange und war auch jetzt sofort wieder präsent.

Silvia stammte aus einer frommen Familie. Sie war das einzige Kind und wurde vom Vater streng erzogen. Sie durfte nicht, wie die anderen Mädchen, abends im Dorf Jungen treffen. Wenn sie auch noch so oft versicherte, dass man nur Reden würde, war allein schon die Idee, dass Jungen da waren, dem Vater ein Dorn im Auge.

An die Dorfveranstaltungen durfte sie nur in Begleitung ihrer Eltern, sofern diese eine so gottlose Unterhaltung überhaupt besuchten. Es wurden sowieso nur diejenigen der alten, bodenständigen Vereine in Betracht gezogen. Nach dem offiziellen Teil, einem Theater oder Konzert, also dann wenn der gesellige Abend mit Musik und Tanz begann, brach man wieder auf.

So kam es, dass Silvia trotz ihrer siebzehn Jahre noch keinen Freund hatte, ja noch nicht einmal mit einem jungen Mann getanzt hatte. Da sie keine Brüder hatte, kamen auch keine Burschen ins Haus.

Dann wurde sie an die Hochzeit der Schwester einer Schulkollegin eingeladen. Das konnten die Eltern ihr schlecht verbieten, zumal sich alles im Dorf abspielte. Silvia durfte sich ein neues Kleid kaufen und freute sich ungemein, für einmal der elterlichen Aufsicht entronnen zu sein.

Natürlich gab es Wein zum Essen und auch nachher wurde nachgeschenkt. Silvia vertrug nichts und war schnell beschwipst. Ihr Tischpartner war sehr nett und fürsorglich, legte immer den Arm um sie, was sie als angenehm empfand. Sie erinnerte sich später dunkel in irgendein Zimmer geführt zu werden, aber was sich da genau abgespielt hatte, war ihrem Gedächtnis entfallen.

Das nächste, das sie bewusst wahrnahm, war ihr wütender Vater und die weinende Mutter. Jemand aus der Familie der Braut hatte sie, total betrunken, nach Hause gebracht. Sie wäre am liebsten vor Scham im Boden versunken. Danach ging sie nur noch selten aus dem Haus.

Dass etwas nicht stimmte, bemerkte zuerst ihre Mutter.

«Wann hast du eigentlich das letzte Mal deine Periode gehabt?», fragte sie und Silvia erschrak.

Die Mutter begleitete sie dann zum Frauenarzt, der bestätigte, dass Silvia schwanger war.

Auf dem Nachhauseweg setzte sich die Mutter auf eine Bank.

«Was machen wir jetzt?», begann sie zu weinen.

«Diese Schande! Wir dürfen es deinem Vater nicht sagen», setzte sie gleich hinzu und schüttelte verzweifelt den Kopf. Plötzlich hatte sie eine Idee.

«Wir schicken dich ins Welschland, da bist du für ein Jahr versorgt.»

Leider hatte der Vater etwas gegen die frivolen Franzosen, auch wenn es sich um Waadtländer handelte und wollte davon nichts wissen.

Schliesslich wandte sich die Mutter an eine alte Bekannte, die in Arosa ein Hotel besass. Diese willigte ein, das Mädchen bei sich arbeiten zu lassen. Mit dem Hinweis, dass die Gesundheit der immer blasser werdenden Silvia gestärkt werden müsse, konnte der Vater überzeugt werden.

So verbrachte Silvia die Schwangerschaft in dem Bündner Kurort. Da als Alternative nur eine Abtreibung in Frage gekommen wäre, willigte sie ein, das Kind zur Adoption freizugeben. Inzwischen wurde sie volljährig und mit Hilfe der Mutter wurde alles geregelt. Silvia brachte das Kind im städtischen Krankenhaus zur Welt und konnte zu ihren Eltern ins Dorf zurückkehren.

Anscheinend war ihr sonst so misstrauischer Vater nach wie vor ahnungslos über das, was sich da hinter seinem Rücken abgespielt hatte.

Schwester Hedwig schreckte aus den Gedanken auf, als das Baby auf Silvias Arm zu schreien begann.

«Ich glaube, sie muss gewickelt werden», meinte Silvia.

«Darf ich das noch ein letztes Mal tun?»

Schwester Hedwig hoffte, dass die Nacht weiter so ruhig bleiben würde und nickte zustimmend.

Während die Mutter die Windeln wechselte, sprach sie leise auf das Baby ein. Tränen liefen ihr über die Wangen und sie küsste ihr Kind ein letztes Mal, bevor sie es in das Bettchen zurücklegte. Dorothee war jetzt hellwach und schaute mit grossen Augen auf die weinende Frau.

«Ich habe ihr gesagt, dass sie es in der neuen Familie besser haben wird», erklärte Silvia.

«Hoffentlich kommt die neue Mutter bald. Bitte kümmern Sie sich solange um sie. Sie sind so lieb zu ihr.»

Damit drückte Silvia der Schwester die Hand, wandte sich ab, zog den Kittel aus und verliess eilig die Säuglingsstation.

Nachdenklich blickte Schwester Hedwig auf das Baby. Sie hatte den Eindruck, dass es ihren Blick erwiderte. Unmöglich, sagte ihr geschulter Verstand, aber das Gefühl blieb. Sie wandte sich ab.

Es war am Vormittag eine Woche später.

In der Säuglingsabteilung war Geschrei zu hören. Vor allem von einem Bettchen tönte ein ununterbrochenes Weinen. Dorothee schrie sich wieder einmal in den Schlaf. Das ging jetzt seit Tagen so.

Schwester Hedwig wollte sie gerade aufnehmen, als die Oberschwester mit einer fremden Frau die Säuglingsabteilung betrat. Obwohl es eigentlich Vorschrift war, einen Kittel überzuziehen, machte die Oberin keine Anstalten, einen zu holen.

Die ungefähr vierzigjährige Frau war schwarz gekleidet, was ihr einen strengen Ausdruck verlieh. Die Oberschwester stellte sie vor.

«Das ist Frau Schär. Sie holt das Baby ab.»

Jetzt lächelte die Frau Schwester Hedwig zu und diese bemerkte die freundlichen Augen.

«Ach es schreit wieder einmal», stellte die Oberschwester verärgert fest.

«Das macht es jetzt seit rund einer Woche, aber es ist nicht krank», ergänzte sie, um den Ruf der Abteilung besorgt.

Die Frau trat an das Bettchen.

«Was ist denn so schlimm, dass du so weinen musst?», fragte sie das Baby.

Dieses drehte den Kopf und lächelte sie an. Schwester Hedwig hatte Mühe die Tränen der Rührung zurückzuhalten.

«Darf ich es herausnehmen?», erkundigte sich Marlene Schär.

Die Oberschwester nickte zustimmend. Als sich die neue Mutter hinunterbeugte und sie aufnahm, streckte Dorothee ihr die Arme entgegen.

«Jetzt gehen wir nach Hause», verkündete die Frau.

«Ich bin nämlich deine neue Mami.»

Als ob es verstanden hätte, legte das Baby den Kopf an ihre Schulter.

Schwester Hedwig holte die Tasche mit den wenigen Sachen, die man mitgeben wollte.

Frau Schär verabschiedete sich und wurde von der Oberschwester hinausbegleitet.

Glücklich und traurig schaute die Schwester ihnen nach. Glücklich, dass das Kind offenbar in guten Händen war. Traurig, weil es ihr jetzt schon fehlte. Ein weiteres Baby, das sie nie wiedersehen würde.

Teil 1

Vor acht Monaten bis zur Gegenwart

Im Hügeldorf richtete die siebenundfünfzigjährige Gemeindeschwester Hedwig Berner ihre Tasche. Heute musste sie wieder bei verschiedenen pflegebedürftigen Leuten vorbeischauen. Sie sorgte für deren Hygiene und manchmal musste sie auch Verbände wechseln oder Insulinspritzen geben.

Eigentlich war sie ja zur Kinderschwester ausgebildet worden, aber die psychische Belastung wurde ihr zu gross. Ihre kleinen Patienten waren ja meist gesund und mussten nur gewickelt und gebadet werden, also eine schöne Arbeit. Aber es waren so niedliche Wesen, dass sie immer Gefahr lief, ihr Herz zu verlieren.

Nachdem es ihr dann bei der kleinen Dorothee tatsächlich so ergangen war, litt sie gewaltig unter der Trennung.

Da beschloss sie, etwas völlig anderes zu machen und bemühte sich um eine Stelle als Gemeindeschwester. Das hatte den Vorteil, dass sie ihre Patienten zum Teil über Jahre betreuen durfte, manchmal bis in den Tod. Aber das war der natürliche Lauf des Lebens. Damit konnte sie umgehen.

Seit zwanzig Jahren lebte und arbeitete sie jetzt schon im Hügeldorf. Hier würde sie auch in Pension gehen, denn hier gab es einen Grund zum Bleiben.

Sie war etwa ein Jahr im Hügeldorf, als sie einmal einen besonderen Auftrag erhielt. Ein Mädchen war mit dem Fahrrad gestürzt und hatte sich neben ein paar Abschürfungen eine Schnittwunde am Oberarm zugezogen, die genäht werden musste. Leider entzündete sie sich, sodass man täglich fachmännisch desinfizieren und neu verbinden musste.

Das ganze passierte zwei Tage bevor der Hausarzt in seine Sommerferien abreiste und deshalb hatte er das Mädchen an sie überwiesen. Als Schwester Hedwig am Telefon den Namen hörte, wollte sie es zuerst nicht glauben.

«Wie heisst das Mädchen», stammelte sie.

«Dorothee Schär», wiederholte der Arzt und gab ihr die Adresse, die sie aber in ihrer Verblüffung zu notieren vergass.

Nachdem der Arzt, der in Eile war, aufgelegt hatte, sank Schwester Hedwig auf einen Stuhl. Konnte es sein, dass ihre Dorothee hier im Dorf lebte und sie ihr im ganzen Jahr nicht einmal begegnet war?

Schnell holte sie das Telefonbuch und schlug den Namen nach. Tatsächlich gab es eine Familie Schär, die in einer Einfamilienhaussiedlung wohnte. Dort hatte sie bis jetzt keine Patienten gehabt und auch sonst keinen Grund dahin zu gehen.

Am anderen Tag hatte sie sich mit Herzklopfen auf den Weg gemacht. Wahrscheinlich hätte sie Frau Schär nicht wiedererkannt, wenn sie ihr einfach auf der Strasse begegnet wäre. Da sie aber ahnte, wer diese Mutter war, erkannte sie die gütigen Augen und das strenge, jetzt gebräunte Gesicht. Die Frau trug einen blumigen bunten Rock und eine blaue Arbeitsbluse. Sie hatte im Garten gearbeitet und wischte sich die Hände an einem Tuch ab.

Schwester Hedwig erkannte, dass das Gesicht vom vielen Aufenthalt in der frischen Luft diesen besonderen Ausdruck hatte. Jetzt lächelte Frau Schär und die Erinnerung überflutete die Schwester. Es gab keinen Zweifel, das war Dorothees Adoptivmutter.

«Dorothee liegt auf der Terrasse am Schatten», wies diese ihr den Weg.

In einem Liegestuhl lag ein Mädchen und las ein Kinderbuch, das sie aber schnell weglegte. Sie wollte aufstehen, aber Schwester Hedwig wehrte ab.

«Du bist also Dorothee», stellte sie fest und musterte die braunen Haare.

«Wie alt bist du denn?»

«Zehn, ich gehe in die vierte Klasse», erwiderte das Kind.

Alles stimmte. Schwester Hedwig konnte es kaum glauben.

«Kann ich etwas helfen?», fragte die Mutter.

«Nein, nein, sie können ruhig weiterarbeiten. Ich komme schon zurecht.»

Schwester Hedwig hoffte, dass sie nicht erkannt wurde, aber damals war das so eine kurze Begegnung gewesen und die Frau hatte sich so auf ihr neues Kind fixiert, dass sie wahrscheinlich längst vergessen hatte, wie die Kinderschwester ausgesehen hatte und wie sie hiess. Ausserdem waren es doch unterschiedliche Arbeitsbereiche, sodass Frau Schär höchstens an eine zufällige Namensgleichheit glauben würde.

Diese entfernte sich tatsächlich, ohne Anzeichen des Erkennens.

Während die Schwester die Wunde behandelte, plauderte sie ungezwungen mit Dorothee. Dabei stellte sie geschickte Fragen zur Familie.

Als sie sich schliesslich verabschiedete, hatte sie den Eindruck, dass Dorothee in einem geborgenen, guten Umfeld aufwuchs. Schwester Hedwig beschlich beinahe ein Schuldgefühl, als sie an ihre damalige Skepsis dachte. Hier war sie tatsächlich nicht angebracht.

Die Schwester betreute Dorothee während der nächsten Tage und trank sogar einmal einen Kaffee mit den beiden.

Von da an richtete sie es öfters ein, dem Mädchen auf dem Schulweg zu begegnen und wurde von diesem immer freundlich gegrüsst.

So verfolgte Schwester Hedwig heimlich den Werdegang «ihres» Kindes.

Dorothee Schär war inzwischen eine junge Frau von neunundzwanzig Jahren, die eine gute Schulbildung genossen hatte. Auf der Handelsschule bildet sie sich als Controllerin aus und bekam einen guten Posten in einer Firma, die ihren Sitz in einer der benachbarten Kleinstädte hatte.

Sie nahm sich eine Zweizimmerwohnung in einem Wohnquartier dort in der Nähe, war aber an den Wochenenden und Feiertagen regelmässig bei den schon betagten Eltern.

An den Arbeitstagen hatte sie es sich zur Gewohnheit gemacht, täglich zu Hause anzurufen und sich zu erkundigen, wie es insbesonders ihrem einundsiebzigjährigen Vater ging.

Dieser hatte vor zwei Jahren eine Herzkrankheit gehabt und sich seither nicht mehr richtig erholt. Dorothee hatte Angst, dass sich ihre auch schon neunundsechzigjährige Mutter mit der Betreuung überforderte und fuhr deshalb noch oft abends schnell vorbei, um zu helfen.

Das alles hatte Schwester Hedwig bei zufälligen Begegnungen entweder von ihr selbst oder ihrer Mutter erfahren.

Diese war des Lobes voll und sehr dankbar über die Fürsorglichkeit der Tochter. Die plötzliche Krankheit ihres Mannes hatte sie aufgeschreckt. Die Mutter gehörte noch einer Generation an, in der alle wichtigen Dinge vom Ehemann erledigt wurden. Die Vorstellung unvermittelt allein dazustehen machte ihr Angst. So war sie froh, dass die Tochter so selbständig war und wenn nötig mit Rat und Tat helfen konnte.

Schwester Hedwig hatte auch schon mal vorsichtig das Thema Heirat angesprochen und erfahren, dass da niemand in Sicht war. Scheinbar war die Mutter darüber nicht mal unglücklich, bei der Tochter hingegen war sich die Schwester nicht so sicher. Zumindest schien es, als ob es neben dem fehlenden Partner noch andere Gründe gäbe. Aber so detailliert konnte sie nicht nachhaken, ohne neugierig zu erscheinen.

Schwester Hedwig wollte gerade aus dem Haus gehen, als das Telefon klingelte. Es war Dorothee Schär. Vor Überraschung stotterte die Schwester einen Morgengruss.

«Oh, störe ich Sie», erkundigte sich Dorothee unsicher.

«Nein, nein», versicherte Hedwig.

«Ich bin nur überrascht», setzte sie wahrheitsgemäss hinzu.

«Entschuldigen Sie, aber ich weiss nicht, was ich machen soll und da dachte ich, dass ich vielleicht Sie um einen Gefallen bitten könnte.»

«Um was geht es denn?»

«Mein Vater hat sich am Sonntag erkältet. Gestern Abend hat er Fieber bekommen. Heute ist ja Donnerstag und unser Arzt nicht erreichbar. Den Notarzt will Mutter nicht rufen, sie ist da etwas eigen. Ausgerechnet heute muss ich an eine auswärtige Schulung und komme erst morgen Abend zurück.»

Verzweifelt hielt Dorothee einen Moment inne, den Hedwig für einen Vorschlag nützte.

«Wissen Sie was? Ich bin gerade auf dem Weg zu meiner Tour und wenn ich fertig bin, schaue ich bei Ihren Eltern vorbei.»

Sie hörte wie Dorothee erleichtert aufatmete.

«Muss ich das nicht irgendwo melden?», fragte sie dann.

«Machen Sie sich deswegen keine Sorgen, das ist für mich einfach ein ganz privater Besuch», beruhigte Hedwig sie.

«Ach Sie sind wirklich ein Schatz», rief Dorothee dankbar und ahnte nicht, welche Freude sie damit bei der älteren Frau hervorrief.

«Nun, gehen Sie schon, bevor Sie noch zu spät kommen», lachte diese.

«Einen schönen und interessanten Tag wünsche ich Ihnen», beendete sie dann das Gespräch.

«Danke, gleichfalls. Auf Wiedersehen!»

Schwester Hedwig legte den Hörer auf und lächelte vor sich hin. «Ihr Kind» brauchte ihre Hilfe und die sollte es auch bekommen. Beschwingt nahm sie die Tasche und verliess die Wohnung.

In der Kleinstadt, die zugleich den Verkehrsknotenpunkt der beiden Dörfer bildet, setzte sich Silvia Trautmann zur selben Zeit seufzend an den Küchentisch.

Obwohl der Tag erst begonnen hatte, war sie schon ausgelaugt. Sie zählte jetzt siebenundvierzig Jahre, aber sie fühlte sich im Moment steinalt.

Denn der Morgen ging immer turbulent zu, bis ihre beiden Jungen, der zwölfjährige Markus und der zehnjährige Johannes endlich auf dem Weg in die Schule waren.

Kaum waren sie aufgewacht, wurde es laut. Nachdem sie sich im Badezimmer ausgetobt hatten, sah es jeweils aus, als ob die Seeschlacht bei Trafalgar stattgefunden hätte.

Silvia wusste nicht so genau, was es mit dieser auf sich hatte. Ihr Mann Jakob hatte den Ausdruck einmal lachend gebraucht und seither ging er ihr nicht mehr aus dem Kopf. Jeden Tag nahm sie sich vor, in dem Geschichtsbuch im Regal ihres Mannes nachzuschlagen, aber dazu fehlte ihr die Zeit.

Eigentlich mehr die Kraft. Sie fühlte sich seit ein paar Monaten einfach schlaff. Seit es ihrer zweiundsiebzigjährigen Mutter so schlecht ging, musste Silvia ihre ganze Energie aufwenden, um den Tag durchzustehen.

Vor einem halben Jahr hatte ihre Mutter, die schon seit Jahrzehnten an Asthma litt, eine Lungenentzündung bekommen, die ihre chronische Krankheit schlimmer werden liess. Sie stand zwar jeden Tag auf und versuchte, mehr schlecht als recht, den Haushalt zu führen, aber ihre Kräfte liessen rapide nach.

Deshalb fuhr Silvia jeden Tag mit dem Bus ins elterliche Dorf am Bach und kochte eine Mahlzeit für die beiden. Natürlich half sie auch beim Putzen und machte die Betten. dann war der Vormittag auch schon vorbei und sie eilte wieder nach Hause, um ihre Söhne zu verköstigen. Der Nachmittag galt dann ihrem eigenen Haushalt, ausser am Mittwoch, wenn die Jungen schulfrei hatten.

Ach wenn es doch Mädchen wären, seufzte Silvia nicht zum ersten Mal. Mädchen konnte man mit kleinen Ämtchen betrauen. Die würden auch nicht so eine Unordnung im Badezimmer hinterlassen und sie wären weniger laut und ungestüm.

Silvia konnte sich nicht erinnern, zu Hause jemals so einen Lärm veranstaltet zu haben. Das hätte ihr Vater schon gar nicht zugelassen.

Erstaunlicherweise störte es ihn jetzt nicht, wenn die Enkel bei Besuchen mit Gegröle auf dem Rasen Fussball spielten. Er mahnte höchstens zur Vorsicht bei der Blumenrabatte. Die Rosen waren sein Hobby und da durfte kein Ball hineingeraten. Zum Glück war diese Seite des Rasens auch nicht in der Schusslinie.

Erschrocken sah Silvia auf die Uhr. Der Bus ging in zehn Minuten, sie würde erst daheim einen Kaffee trinken. Schnell stand sie auf und machte sich fertig.

Beim Anziehen überlegte sie, wieso sie eigentlich die elterliche Wohnung als «daheim» bezeichnete. Ihre Wohnung sollte doch auch ihr Daheim sein. Aber wenn sie daheim sagte, meinte sie immer den Ort, an dem sie aufgewachsen war.

Ein weiterer Blick auf die Uhr, zeigte ihr, dass sie für solche Spitzfindigkeiten keine Zeit mehr hatte. Sie brauchte ihren Kopf, um alles Nötige zusammenzusuchen.

Dann verliess sie die Wohnung und erreichte die Bushaltestelle gemeinsam mit dem Innerortsbus. Das war knapp gewesen.

Nachdem sie am Busbahnhof die Linie gewechselt hatte, konnte sie sich wieder ihren Gedanken widmen.

Nachdem Silvia als junges Mädchen wieder ins Elternhaus zurückgekehrt war, ging es ihr, vor allem psychisch, sehr schlecht. Ihre Mutter erklärte das mit der schweren Arbeit, die sie im Hotel gehabt hätte.

Silvias Schwangerschaft, selbst der Aufenthalt im Spital wurden natürlich nie erwähnt. Nicht einmal wenn die Frauen allein waren. So kam es, dass Silvia diese paar Wochen in der Grossstadt verdrängte. Sie war zum Arbeiten ins Bündnerland gefahren und als sie sich dort verausgabt hatte, wieder nach Hause gekommen. Das war inzwischen Silvias feste Überzeugung, das hätte sie sogar unter Eid ausgesagt.

Nachdem einige Monate vergangen waren, nahm sie eine Stelle in einem Altersheim an. Sie putzte, half in der Küche und erledigte andere Hilfsarbeiten. Mit der Pflege der Insassen hatte sie nichts zu tun.

«Bis du heiratest», sagte ihr Vater.

Für ihn stand fest, dass eine Frau an den Herd gehörte und von einem Ehemann versorgt wurde.

Nur dass da niemand in Sicht war. Silvia entwickelte sich innerlich und äusserlich zu einem Mauerblümchen.

Die Woche über wohnte sie in ihrem kleinen Zimmer im Altersheim, wo sie beinahe unbemerkt ihre Tätigkeiten verrichtete. An den freien Tagen besuchte sie die Eltern und am Sonntag ging sie regelmässig mit diesen in die Kirche. Das hatte sich der Vater bei der Anstellung ausbedungen.

Es war dann auch an einem Sonntag zehn Jahre später, als Jakob zum Mittagessen eingeladen wurde.

«Zieh ein schönes Kleid an», brummte der Vater vor dem Kirchgang.

Verwundert ging Silvia, gefolgt von der Mutter, in ihr Zimmer. Da es in dem kleinen Raum, in dem sie im Altersheim schlief, keinen Schrank gab, bewahrte sie alle Kleider zu Hause auf und nahm jeweils nur mit, was sie für die nächsten Tage benötigte. Jetzt wühlte ihre Mutter in den wenigen Kleidern und nahm ausgerechnet, das neue, damals für die Hochzeitsfeier gekaufte Kleid heraus.

«Nein, bitte nicht», bat Silvia.

«Das hast du doch nur einmal getragen, das steht dir», bestimmte die Mutter unerbittlich.

Silvia fügte sich, aber sie sann verzweifelt nach einem Ausweg. Als sie ins Wohnzimmer zurückkam, sah sie die Gelegenheit. Das Frühstücksgeschirr stand noch auf dem Tisch.

«Kann ich noch einen Kaffee haben?», fragte sie und griff, ohne eine Antwort abzuwarten, zur Kanne.

Sie hob die Tasse ein wenig an und leerte das Getränk in einem vollen Schwall hinein. Dabei hielt sie die Tasse bewusst schief und natürlich ergoss sich das schwarze Gebräu über ihr Kleid.

Entsetzt starrten die Eltern auf den angerichteten Schaden. Der Kopf des Vaters wurde rot vor Zorn und das erste Mal in Silvias Leben, hob er die Hand und schlug sie ins Gesicht.

Weinend rannte Silvia in ihr Zimmer, zerrte sich das Kleid vom Leib, wobei es auch noch zerriss.

Dann wählte sie das Sonntagskleid, das sie normalerweise zum Kirchgang trug und zog es an. Sie trocknete die Tränen und ging trotzig wieder hinunter.

Auf dem Flur stand ihre Mutter und hielt sie auf.

«Vater weiss, dass er sich versündigt hat», flüsterte sie.

«Bitte nimm seine Entschuldigung an.»

Silvia nickte und betrat das Wohnzimmer.

Ihr sonst so dominanter Vater stand geknickt am Fenster. Als sie eintrat, drehte er sich um und sah ihr flehend entgegen.

«Vergib mir», flüsterte er fast unhörbar.

Silvia nickte nur. Dann begann sie das Geschirr abzuräumen und diesmal passte sie auf, dass kein Krümel oder Tröpfchen auf ihre Kleidung fiel.

In der Küche stopfte ihre Mutter gerade das verunstaltete Festkleid in einen Kehrrichtsack.

«Tut mir leid, daran habe ich nicht mehr gedacht», erklärte sie leise.

«Ist ja alles in Ordnung», erwiderte Silvia.

Damit war auch das letzte Erinnerungsstück der unerfreulichen Ereignisse beseitigt.

Silvia schreckte aus ihrer Versunkenheit auf, als der Bus etwas ruckartig von einer Haltestelle wegfuhr.

O je, hier hätte sie aussteigen sollen. Jetzt hatte sie in

ihren Gedanken auch noch die Haltestelle verpasst. Aber das war noch nicht so schlimm. Die nächste war ungefähr gleich weit von ihrem Elternhaus entfernt. Schnell drückte sie die STOP-Taste.

Im Hügeldorf erledigte Schwester Hedwig ihre Arbeit. Heute war sie jedoch unkonzentriert.

Dauernd sann sie über den Besuch, den sie noch vor sich hatte, nach. Zuerst wollte sie gleich am Morgen zu Dorothees Elternhaus gehen, aber ihre Patienten erwarteten sie zur gewohnten Zeit.

Ausserdem hätte es nicht sehr privat ausgesehen, wenn sie schon während der Hauptarbeitszeit dort eingetroffen wäre. Nun vielleicht schaffte sie es noch kurz vor dem Mittagessen.

Sie kannte Dorothees Vater nicht sehr gut. Während der kurzen Zeit damals, als sie das kleine Mädchen verbinden musste, war er jeweils bei der Arbeit gewesen.

Er war Ingenieur in der Entwicklungsabteilung einer Firma der Grossstadt. Deshalb waren Mutter und Tochter tagsüber allein.

Sie hatte ihn manchmal von weitem gesehen, wenn die Familie Dorfveranstaltungen besuchte. Da scheute sie sich aber, sie anzusprechen. Sie wollte sich nicht aufdrängen.

Sie wusste jedoch von Dorothee, dass er ein liebevoller Vater war, der sie sehr förderte. Er bestand darauf, dass sie sich weiterbildete, einen Beruf ausübte und auf eigenen Beinen stehen konnte.

Das Ehepaar Schär war schon in den Vierzigern gewesen, als sie Dorothee adoptieren konnten. Sie waren sich bewusst, dass der Altersunterschied grösser als bei den meisten Eltern-Kind-Beziehungen war und wollten ihre Tochter sicher versorgt wissen, wobei sie nicht unbedingt an eine Heirat dachten. Selbständigkeit war das Ziel und es war ihnen gut gelungen.

Als Schwester Hedwig ihren letzten Vormittagspatienten verliess, war es dann aber doch schon zu spät. Sie wollte bei Frau Schär nicht gerade eintreffen, wenn diese am Kochen war. Musste der Besuch eben bis zum Spätnachmittag warten.

Zur selben Zeit wartete Silvia Trautmann auf den Bus. Diesmal stand sie an der richtigen Haltestelle.

Ihr Vater hatte sie schon unter der Türe erwartet und ungeduldig auf die Uhr gesehen. Dabei hatte sie nur gute fünf Minuten Verspätung.

«Dass diese Busse nicht pünktlich sein können», brummte er.

Silvia liess ihn in dem Glauben und tat im Stillen bei den Verkehrsbetrieben Abbitte.

Besser nichts von ihrem Ungeschick erzählen, er hätte ihre Tagträume doch nur verurteilt.

«Wie geht es Mutter?», fragte sie stattdessen.

«Wie immer natürlich», entgegnete er.

Silvia seufzte. Egal wie gut oder schlecht es ihrer Mutter ging, für den fünfundsiebzigjährigen Vater war es einfach normal.

Tatsächlich hatte diese heute aber einen guten Tag. Sie plauderte während Silvia die Betten machte. Dabei ging es um die Nachbarschaft.

Da ihre Mutter sich wegen dem Asthma nicht mehr

so bewegen konnte, sass sie stundenlang am Fenster und betrachtete ihre Umgebung.

Am nächsten Tag, erfuhr Silvia dann, was die Kinder gespielt hatten und ob der Teenager nebenan mit oder ohne Freundin nach Hause gekommen war.

Das heisst, sie erfuhr es an den guten Tagen. Wenn es ihrer Mutter schlecht ging, war diese gar nicht in der Lage, mehr als das Nötigste zu erzählen. Sie sass dann apathisch im Sessel und rang um Luft.

Silvia fürchtete diese Anfälle, die plötzlich auftreten konnten. Sie vermutete, dass es auch psychische Auslöser gab, denn sobald die Mutter sich aufregte, vor allem wenn es mit dem Vater zusammenhing, blieb ihr buchstäblich die Luft weg.

Silvia bemühte sich deshalb dem cholerischen Vater keinen Anlass für einen seiner verbalen Zornausbrüche zu geben.

Diese zusätzliche mentale Belastung machte die Arbeit jedoch nicht einfacher. Deshalb atmete Silvia jedes Mal auf, wenn sie das Elternhaus wieder verlassen konnte. Sie half ja gerne, sagte sie sich jeweils, aber es kostete Kraft.

Der Bus kam und kaum hatte sich Silvia gesetzt, versank sie in die Erinnerungen vom Morgen.

An diesem Sonntag nahm sie Jakob zum ersten Mal bewusst wahr, einfach, weil er im Wohnzimmer sass.

Er war drei Jahre älter als sie und stammte ebenfalls aus einer Familie, die sich an kirchlichen Werten orientierte. Beide Väter waren in einer sehr christlichen Partei und Jakobs Vater sogar in der Kirchenpflege.

Die beiden Familien besuchten regelmässig die Gottesdienste, aber Jakob war ihr tatsächlich noch nie aufgefallen. Man grüsste sich im Vorbeigehen, das war alles.

Nun sah sie, dass er nett aussah. Ihn attraktiv zu nennen, verbot ihr die Erziehung.

Andererseits hatte sie keine Vergleichsmöglichkeit. Unter der Woche bewegte sie sich unter betagten Menschen. Wenn sie das Altersheim verliess, fuhr sie nur nach Hause. So etwas wie Vergnügungen existierten nicht in ihrem Leben.

Jetzt also sass da der junge Mann, einunddreissig war für sie noch jung, und wusste nicht, worüber er sich unterhalten sollte.

Silvia hatte keine Ahnung, warum er eingeladen war und konnte deshalb ebenfalls nichts beisteuern.

Die Mutter stand am Herd in der Küche und war auch keine Hilfe.

Der Vater hingegen schaute gespannt zwischen den beiden hin und her.

«Habt ihr euch nichts zu erzählen», polterte er schliesslich los, als die Stille anhielt.

Beide zuckten zusammen und das löste ein gegenseitiges Lächeln aus. Jakob räusperte sich.

«Du arbeitest im Altersheim?», versuchte er einen Anfang.

Silvia nickte nur.

«Was machst du denn beruflich?», raffte sie sich auf, ihn zu fragen.

«Maschinenschlosser.»

«Ich arbeite in der Stadt», setzte er nach einer kleinen Pause hinzu und nannte eine bekannte Firma der Grossstadt.

«Oh das ist sicher interessant», erwiderte Silvia, die keine Ahnung hatte, was ein Maschinenschlosser tat.

«Ja, schon, aber du arbeitest mit Menschen, das ist sicher interessanter», spann Jakob den Faden weiter.

«Nein, nein, mit der Betreuung der Senioren habe ich nichts zu tun», stellte Silvia richtig.

Jakob schwieg verlegen. Er hatte einfach angenommen, dass Silvia Altenpflegerin war. Nun wusste er nicht mehr weiter.

Zum Glück kam die Mutter und bat Silvia, den Tisch zu decken. Dankbar erhob sich diese.

Sie stellte einen Strauss Rosen, die aus dem eigenen Garten stammten, auf die kleine Kommode, was ihren Vater veranlasste sein Hobby ins Gespräch zu bringen.

Jakob wusste auch nicht viel über Blumen, sodass es mehr oder weniger ein Monolog des älteren Mannes war, der nur höflich mit einem gelegentlichen «Aha» oder «Ach so» vom jüngeren in Gang gehalten wurde.

Das Essen wurde aufgetragen und mit nichtssagenden Floskeln eingenommen.

Nachher wollte Silvia der Mutter in der Küche helfen, aber der Vater befahl ihr, dem Gast den Garten zu zeigen.

Doch bevor sie dazu kam, entschuldigte sich Jakob. Er hätte noch einen Termin und müsste jetzt gehen.

«Vielen Dank für das Essen und noch einen schönen Sonntag», verabschiedete er sich rasch, gab jedem schnell die Hand und war verschwunden.

«Du bist so ein Tollpatsch», legte der Vater wütend los.

«Wie glaubst du denn, dass du einen Mann bekommst, wenn du dich so verhältst?»

Silvia fiel aus allen Wolken.

«Du wolltest uns verkuppeln?», fragte sie ungläubig.

«Wird langsam Zeit, dass du unter die Haube kommst, sonst ist es dann zu spät für Kinder», erklärte er.

Am liebsten wäre Silvia vor Scham im Boden versunken, doch sie drehte sich nur wortlos weg, ging in ihr Zimmer und zog sich um.

«Ich gehe zur Arbeit», verkündete sie, als sie wieder nach unten kam.

Die Mutter musste ihren wütenden Vater zurückhalten.

«Für heute reicht es», hörte Silvia sie noch sagen, bevor sich die Haustüre hinter ihr schloss.

«Bahnhof, Endstation, auf Wiedersehen», gab der Buschauffeur durch.

Sie zuckte zusammen. Na Gott sei Dank, hier konnte sie wenigstens die Haltestelle nicht verpassen.

Was war nur heute los, dass sie dauernd in der Vergangenheit weilte.

Reiss dich zusammen, mahnte sie sich, als sie in den Innerortsbus umstieg. Um sich abzulenken, überlegte sie, was sie zum Abendessen kochen sollte.

Kaum zu Hause angekommen, trafen auch schon die Knaben ein und Silvia war wieder im Alltag zurück.

Im Hügeldorf erledigte Schwester Hedwig ihre Nachmittagstour. Gegen vier Uhr war sie endlich fertig.

Als sie sich Dorothees Elternhaus näherte, hatte sie beinahe ein schlechtes Gewissen, dass es so spät geworden war.

Frau Schär öffnete und blickte sie erstaunt an. Dorothee hatte sie bewusst nicht verständigt, da sie Angst hatte, ihre Mutter würde bei der Schwester absagen.

«Das wäre wirklich nicht nötig gewesen, dass sie extra herkommen mussten», entschuldigte sich Frau Schär prompt, als sie von Dorothees Anruf erfuhr.

«Was sich das Kind auch immer ausdenkt», setzte sie hinzu.

Schwester Hedwig musste unwillkürlich lächeln, als sie sich die junge Frau als das «Kind» vorstellte.

Deren Mutter sah es und lächelte ebenfalls.

«Sie bleibt für mich eben mein Kind, das hat nichts damit zu tun wie alt und selbstständig sie ist», erklärte sie.

«Na ja, wenn Sie schon hier sind, wäre es wirklich nicht schlecht, wenn sie kurz nach meinem Mann sehen könnten», fuhr sie fort.

Schwester Hedwig stimmte zu und folgte ihr ins Schlafzimmer des Ehepaars. Sie mass das Fieber, das ziemlich hoch war und gab rezeptfreie Grippetabletten. Lindenblütentee mit Zitrone hatte Frau Schär schon als bewährtes Hausmittel bereitgestellt. Herr Schär sagte nicht viel, da er vom Fieber geschwächt und müde war.

Die Frauen verliessen das Schlafzimmer und Frau Schär lud die Schwester auf einen Kaffee ein.

Hedwig merkte, dass sich Dorothees Mutter grössere Sorgen machte, als sie zugeben wollte. Der Zustand ihres Mannes war in Anbetracht seines schwachen Herzens sicher nicht auf die leichte Schulter zu nehmen, aber die Schwester war es gewohnt Trost und Zuversicht zu vermitteln. Sie versprach am anderen Tag wiederzukommen und sah, dass Frau Schär aufatmete.

Nach einer weiteren Tasse verabschiedete Hedwig sich.

Auf dem Nachhauseweg sann sie über Dorothees Eltern nach. Die beiden liebten sich, daran hatte auch die lange Ehe nichts geändert. Das war nicht nur Gewohnheit geworden, sondern noch echtes Gefühl. Sollte Herrn Schär etwas geschehen, würde das ein schwerer Schlag für die Frau sein. Und für Dorothee, die dann Kraft für zwei brauchte.

Sei nicht so pessimistisch, schalt sich Hedwig. Das passt nicht zu dir. Aber tief innen hatte sie eine Ahnung, die sie erschreckte.

In der Kleinstadt hatte Silvia das Abendessen gekocht.

Da sie den Vormittag im Elternhaus verbrachte, hatte sie meist keine Zeit mehr, um zu Hause zu kochen. So gab es entweder ein kaltes Mittagessen oder aufgewärmte Resten und die warme Hauptmahlzeit wurde abends eingenommen.

Das kam auch Jakob entgegen, der in der Kantine nur eine Suppe und einen kalten Teller, Würstchen oder ähnliche Snacks zu sich nahm.

Silvia kochte gut und bodenständig, was Jakob liebte. Für ihn ging nichts über einen deftigen Schweinebraten, aber den hob sich Silvia für den Sonntag auf.

Jakobs Arbeitstag begann früh, dafür machte er schon um vier Uhr Schluss. Mit der S-Bahn war er schnell zu Hause, wo er duschen und noch kurz die Zeitung durchstöbern konnte, bevor Silvia pünktlich um sechs Uhr zum Essen rief. Ihre Söhne hielten sich bis dahin meist in ihrem gemeinsamen Zimmer auf. Sie hatten dann schon ihre Hausaufgaben erledigt, darauf bestand Jakob.

«Spielen könnt ihr nach dem Essen noch lange genug», hatte er ihnen erklärt, als sie in die Schule kamen, und an diesem Ablauf wurde strikt festgehalten.

Silvia war froh, dass Jakob ihre Söhne so gut im Griff hatte. Er liess ihnen Freiraum zum Austoben, setzte aber auch klare Grenzen fest, die besser nicht überschritten wurden.

Die Söhne liebten ihren Vater, der sie wiederum vergötterte.

Nach ihrer Heirat hatte Silvia geglaubt nun sofort schwanger zu werden. Aber der Kindersegen wollte sich nicht einstellen. Die Jahre waren dahingegangen und die biologische Uhr tickte.

Nach fünf Jahren hatte der Vater, der endlich Enkelkinder wollte, ihr sogar vorgeworfen heimlich und gegen Gottes Wille die Pille zu nehmen.

Das hatte zu einem der wenigen Streits zwischen Jakob und seinem Schwiegervater geführt. Ihr Mann hatte sich sofort schützend vor sie gestellt. Jakob hatte damals sogar vorgeschlagen sich selbst ärztlich überprüfen zu lassen, da es ja auch an ihm liegen könnte.

Silvia war sehr dankbar, dass er sie so vehement verteidigt hatte. Den Gang zum Arzt konnte sich Jakob dann doch sparen, die nächste Menstruation blieb aus.

Der Frauenarzt, den sie ungern, aber auf Geheiss ihres Mannes aufsuchte, bestätigte die Schwangerschaft.

Neun Monate später brachte sie dann Markus zur Welt, der nach dem Evangelisten benannt wurde.

«Dann können wie vier haben», hatte ihr Mann gelacht, der bei der Geburt dabei war.

Dabei hatte er keine Ahnung gehabt, welchen Schrecken er ihr einjagte.

Sie hatte die Schwangerschaft, die normal und ohne grosse Übelkeit verlief, nur ungern ertragen. In ihren Gedanken war das Kind in ihr immer ein Mädchen.

Als die Hebamme dann den Sohn verkündete, hatte sie heimlich eine Träne verdrückt, während Jakob stolz und überglücklich seinen schreienden Sprössling betrachtete.

Na wenigstens wäre ihr Vater endlich zufrieden, der jetzt sogar einen Enkelsohn hatte. Diese Pflicht hatte sie nun erfüllt.

Silvia deckte den Tisch und stellte die Salatschüssel bereit. Johannes schaute kurz in die Küche. Er wollte immer schon im Voraus wissen, was es zu Essen gab, aber sie schickte ihn, wie jeden Abend, weg.

Das war so ein Ritual zwischen ihnen, das sie vor Jakob beinahe versteckten. Ein heimliches Bindeglied zwischen Mutter und jüngstem Sohn.

Johannes kam zwei Jahre später zur Welt. Diesmal gab es von Anfang an Komplikationen.

Sie litt monatelang unter schwerer Übelkeit. Einmal trat eine kurze Blutung auf und sie befürchteten das Baby zu verlieren. Der Arzt verordnete Bettruhe.

Jakob übernahm einen Teil der Pflege des Erstgeborenen, was vom Grossvater mit Unverständnis quittiert wurde.

«Du verzärtelst sie», warf er seinem Schwiegersohn vor.

«Schwangerschaft ist keine Krankheit sondern naturgegeben.»

Jakob liess ihn reden, aber das Verhältnis zwischen den beiden kühlte merklich ab.

Es wurde dann auch eine schwere Geburt und bei der Nachkontrolle, noch im Spital, empfahl ihr der Frauenarzt keine weitere Schwangerschaft mehr zu riskieren.

«Sie sind jetzt schon siebenunddreissig und haben zwei gesunde Kinder», erklärte er ihr.

«Sie oder ihr Mann sollten sich unterbinden lassen.»

Silvia getraute sich nicht, Jakob davon zu erzählen. Sie war aber fest entschlossen den Eingriff bei sich vornehmen zu lassen.

«Bei ihrem Mann wäre es einfacher», brummte der Arzt, setzte aber einen Termin am anderen Tag fest.

Um ihre Müdigkeit nach der Narkose zu begründen, erzählte sie Ihrem Mann am Abend etwas von Komplikationen, die die Ärzte gezwungen hätten, sie nochmals zu betäuben, dass jetzt aber alles in Ordnung war.

Erst zu Hause entdeckte Jakob die kleine Narbe. Als ihm klar wurde, was sie getan hatte, war er sehr verletzt und enttäuscht.

«Du hättest doch nie eingewilligt», versuchte sie ihm die Situation zu erklären.

«Das ist doch ein Eingriff in Gottes Natur.»

Jakob hatte sie nur stumm gemustert. Dann schüttelte er traurig den Kopf.

«So wenig Vertrauen hast du zu mir», stellte er resigniert fest.

«Wann kapierst du endlich, dass ich NICHT dein Vater bin.»

Von jetzt an waren die Knaben Jakobs ein und alles. Er spielte mit ihnen, bastelte, liess Drachen steigen und nahm sie zum Schwimmen oder Fahrradfahren mit.

Manchmal gingen sie ins Dorf am Bach zu der nahegelegenen kleinen und steilen Schlucht. Dort kletterten sie im und ausserhalb des Baches hinauf und rutschten nachher, zum Teil auf dem Hosenboden wieder herunter, sodass sie total verdreckt zu Hause eintrafen.

Trotz der zusätzlichen Wäsche war Silvia froh um solche ruhigen Nachmittage allein in der Wohnung. Sie bemerkte, dass sie sich gefühlsmässig immer mehr von ihrer Familie entfernte. Sie erledigte ihre Pflichten, aber sie suchte nicht die Gemeinschaft.

Irgendwie erinnerte es sie an die Situation im Altersheim. Sie tat ihre Arbeit, die Insassen gingen sie nichts an.

Dabei liebte Silvia ihre Kinder und eigentlich auch ihren Mann. Zumindest redete sie sich das ein. Es war doch natürlich, Mutterliebe zu fühlen und Jakob behandelte sie gut. In den letzten Jahren wurden aber die Nächte immer seltener, in denen er mit ihr schlafen wollte, doch das erleichterte sie mehr, als dass sie es vermisste.

Sie hätte ein glückliches Leben führen können, aber sie fühlte nichts, einfach nichts.

Jakob stand in der Küchentür.

«Wann gibt es Essen?»

Silvia schaute auf die Uhr am Herd. Fünf nach sechs. Sie war zu spät.

«Gleich, entschuldige bitte, dass ich verspätet bin. Heute geht mir aber auch alles schief», sagte sie hastig und kämpfte gegen Tränen.

«Mach in aller Ruhe, wir können warten», versuchte er sie zu besänftigen, löste aber nur noch eine heftigere Reaktion aus.

Er beschloss den Rückzug und schickte sogar die Kinder ins Zimmer zurück, damit seine Frau sich nicht bedrängt fühlen sollte.

Diese schüttete die Kartoffeln ab und füllte eine Schüssel mit Fleisch, wobei ein Teil der Sauce überschwappte, womit sie in der Küche ein ungewohntes Chaos anrichtete.

Eilig trug sie das Essen zum Tisch.

«Wo sind die Kinder?»

«Die haben noch gar nicht gemerkt, dass es Zeit ist», log Jakob vergebens.

«Aber Johannes war doch schon in der Küche», gab seine Frau das Geheimnis preis.

Sofort hatte sie wieder Schuldgefühle gegenüber ihrem Sohn.

«Er hat etwas wegen der Aufgaben gefragt», versuchte sie es schnell als einmaligen Vorgang hinzustellen, aber ihr Mann hatte im Moment sowieso kein Feeling für Familiengeheimnisse.

Kopfschüttelnd stand er auf und rief die Kinder, die geduckt daherkamen.

Das Abendessen wurde dann ungewohnt still eingenommen.

Schwester Hedwig hatte sich etwas Wurst und Käse bereitgestellt. Sie schnitt gerade Brot ab, als Dorothee anrief.

«Wie geht es meinem Vater?», fragte sie besorgt.

«Er ist vom Fieber geschwächt, aber ich habe Tabletten

dagelassen und wenn sich das Fieber senkt, erholt er sich bestimmt», tröstete die Schwester.

«Jedenfalls vielen Dank, dass Sie ihn besucht haben.»

«Ich werde morgen Nachmittag nochmal vorbeigehen und mich vergewissern, dass es ihm besser geht.»

«Aber morgen bin ich ja auch wieder da», wollte Dorothee abwehren.

«Ich habe es Ihrer Mutter versprochen», wandte Hedwig ein.

Dorothee zögerte. Es würde sicher acht Uhr werden, bis sie nach Hause kam.

«Also gut», lenkte sie ein.

«Ich rufe Sie wieder an, es wird aber später werden.»

«Kein Problem», versicherte die Schwester.

«Ich bin den ganzen Abend zu Hause.»

Nach dem Abendessen verschwand Jakob mit den Knaben in deren Zimmer,

Silvia hörte, wie er sie neckte und die Kinder befreit auflachten.

Sie räumte den Tisch ab und beseitigte die Unordnung in der Küche.

Die Jungen waren inzwischen im Badezimmer und duschten unter Jakobs Aufsicht.

Sie setzte sich erschöpft hin.

Jakob! Damals vor neunzehn Jahren hatte sie nicht mehr damit gerechnet, ihm nochmals zu begegnen. Sie hatte sich schon zurechtgelegt, wie sie ihrem Vater klarmachen musste, dass sie nicht mehr im Dorf am Bach in die Kirche gehen konnte.

Zwei Tage später kam am Abend die Köchin und sagte, dass jemand sie sprechen wolle.

Erstaunt war sie in die Halle gegangen und da stand tatsächlich Jakob.

Zuerst wollte sie umkehren, aber er hatte sie schon entdeckt und kam auf sie zu.

«Hoffentlich bekommen Sie keinen Ärger», begann er unsicher.

«Aber ich wollte mich für Sonntag entschuldigen.»

Verblüfft blickte sie ihn an.

«Wofür? Sie haben doch nichts getan.»

«Doch ich bin einfach abgehauen», lächelte Jakob.

«Ich habe es nicht mehr ausgehalten, diese ganze groteske Situation.»

Jakob zuckte die Schultern.

«Als Ihr Vater vorschlug in den Garten zu gehen, konnte ich mir richtig vorstellen, wie er hinter dem Vorhang steht und lauert.»

Erschrocken schaute er sie an und war erleichtert, als sie auflachte.

«Wussten Sie, dass er uns verkuppeln wollte», platzte sie heraus.

Jakob nickte.

«Das haben sich die beiden ausgedacht, mein Vater und Ihrer», bestätigte er.

«Dabei wäre es gar nicht nötig gewesen. Sie gefallen mir schon lange, aber Sie kommen ja nie ins Dorf, wenn es Tanz gibt.»

Silvia machte grosse Augen.

«Sie wollten mich treffen?», fragte sie ungläubig.

Jakob nickte.

Plötzlich war sich Silvia bewusst, dass sie da in der Halle wie auf dem Präsentierteller standen.

«Warten Sie, ich hole nur schnell eine Jacke, dann können wir ein paar Schritte gehen», schlug sie deshalb vor.

Von da an häuften sich die abendlichen Besuche.

Jakob ging sehr behutsam vor. Er hatte bemerkt, dass sie scheu auf Berührungen reagierte und es dauerte drei Wochen, bis er sich getraute, sie zum Abschied zu küssen.

Er wollte sie zum Tanz einladen, aber Silvia winkte unsicher ab. Sie konnte nicht tanzen und würde sich fehl am Platz vorkommen.

Nach drei Monaten machte ihr Jakob einen Heiratsantrag und Silvia nahm an.

Sie stellte nur eine Bedingung, ihre Eltern durften nichts wissen.

Das bedeutete automatisch, dass auch seine Familie ausgeschlossen wurde. Trotzdem stimmte er zu.

Jakob bestellte das Aufgebot und da es nur noch im Schaukasten ausgehängt wurde, las es keiner der Väter.

Als Trauzeugen verpflichteten sie einen Arbeitskollegen von Jakob und die Köchin. Dazu musste die Hochzeit an ihrem freien Tag stattfinden. Beide konnten nichts verraten, da sie die Familien nicht kannten.

Am Vormittag ging die standesamtliche Zeremonie für die Bewohner des Dorfs am Bach unbemerkt vorüber.

Die kirchliche Trauung am Nachmittag wurde ins Hügeldorf verlegt und es nahmen wieder nur die Trauzeugen teil. Vorher nahm man dort noch in einem Restaurant ein Mittagessen ein.

Jakob hatte seinen guten Anzug an und Silvia war es gelungen, das Sonntagskleid heimlich aus dem Haus zu schaffen. Die Köchin hatte noch einen Blumenstrauss beigesteuert, um das Ganze etwas festlicher zu machen.

Nachdem sie nun auch Gottes Segen hatten, traten sie vor die Kirche. Der Pfarrer wurde gebeten ein Foto zu machen, was er gerne tat.

Jakob überraschte sie mit einer Rundfahrt auf dem See und anschliessend gab es noch ein Abendessen. Der Arbeitskollege, der schon den ganzen Tag auch noch Chauffeur gespielt hatte, fuhr sie zu ihrem neuen Zuhause, wo sich die Trauzeugen verabschiedeten.

Jakob hatte sich nach einer Zweizimmerwohnung in der Kleinstadt umgesehen und sie hatten sie vorläufig mit Campingtisch und Klappstühlen, die Jakob einem Kollegen abgekauft hatte, möbliert. Einzig das Bett wurde neu angeschafft.

«Für die Hochzeitsnacht», flüsterte er ihr ins Ohr, als sie an der Kasse im Möbelhaus standen.

Silvia lief ein Schauer über den Rücken, aber sie konnte ihn nicht einordnen. War es freudige oder schreckliche Erwartung. Die Vorstellung mit einem Mann das Bett teilen zu müssen, lösten bei ihr gemischte Gefühle aus.

Vor der Wohnungstür, nahm ihr frischgebackener Ehemann sie auf die Arme und trug sie über die Schwelle.

«Aber Jakob», lachte sie.

«Ich war doch schon mal hier.»

«Aber nicht als meine Frau», flüsterte er ihr ins Ohr.

Tatsächlich hatte sie noch nie hier übernachtet. Bis zur Heirat hatte sie in dem kleinen Raum im Altersheim geschlafen.

Lediglich als das Bett geliefert wurde, hatte sie es in Empfang genommen, da Jakob deswegen nicht extra freinehmen konnte. Dann war sie ein paar Mal kurz vorbeigekommen, um persönliche Sachen zu deponieren und etwas Geschirr und Besteck, sowie einige Lebensmittel einzuräumen.

Auch Jakob wohnte bis zu diesem Tag zu Hause. Theoretisch tat er es immer noch, denn er wollte seinen Eltern erst morgen sagen, dass er sich eine Wohnung gemietet hatte. Für heute Nacht hatte er eine Einladung mit Übernachtung vorgeschoben.

«Möchtest du einen Kaffee», fragte Silvia Jakob und freute sich, ihre neue Rolle als Hausfrau spielen zu dürfen.

Eigentlich stand ihm der Sinn nach anderen Genüssen, aber als er die Erwartung in ihren Augen sah, stimmte er zu.

Also tranken sie Kaffee und liessen den Tag nochmal vorüberziehen.

Doch dann beschloss Jakob zu handeln. Er umarmte und küsste sie und drängte sie sanft ins Schlafzimmer.

Silvia ergab sich in ihr Schicksal. Er kam ihr entgegen, indem er die Lampe löschte und sie sich nur noch schemenhaft im Streulicht von der Strasse erkennen konnten.

Was es auch gewesen sein mochte, das sich Silvia unter einer Hochzeitsnacht vorgestellt hatte, es fühlte sich anders an. Nicht besser, aber auch nicht schlechter, einfach anders.

Ihr Körper reagierte zwar auf die Berührungen, aber psychisch war sie blockiert und liess kein Lustgefühl zu. Da Jakob einfühlsam und zärtlich war, hatte sie wenigstens keine Schmerzen.

So liess sie es geduldig über sich ergehen Sie tat nur was in der Bibel stand. Sie erfüllte die eheliche Pflicht.

Ihr Mann streckte den Kopf durch die Tür und sah sie gedankenversunken am Küchentisch sitzen. Er räusperte sich und sie drehte sich zu ihm um.

«Die Jungmannschaft ist im Bett und wartet auf den «Gute-Nacht-Kuss»«, verkündete er.

Silvia nickte und erhob sich.

Die Knaben lagen nach Duschmittel duftend brav in ihren Betten.

Keiner hätte geglaubt, dass noch vor einer Viertelstunde diese ominöse Schlacht im Badezimmer stattgefunden hatte.

Silvia wünschte ihnen einen guten Schlaf, küsste jeden von ihnen auf die Stirn und verliess das Zimmer. Jakob löschte das Licht und folgte ihr.

Im Hügeldorf stand Marlene Schär besorgt an Erichs Bett.

Ihrem Mann ging es immer noch nicht besser. Das Fieber war nach Einnahme der Tablette etwas gesunken, dafür hatte sich ein rasselnder Husten eingestellt. Marlene sah, wie mühsam Erich nach Atem rang.

Ob sie gleich morgen früh den Arzt anrufen oder doch zuerst den Besuch von Schwester Hedwig abwarten sollte? Diese würde aber erst am späteren Nachmittag kommen. Wenn nur Dorothee da wäre! Bei solchen Entscheidungen war sich Marlene immer unsicher. Seufzend wandte sie sich ab.

Im Wohnzimmer schaltete sie den Fernseher ein. Weil sie Angst hatte, Erichs Rufen zu überhören, falls er etwas brauchte, stellte sie den Ton so leise, dass sie nichts mehr verstand. Das war auch keine Ablenkung.

Sie holte ein Buch, aber nachdem sie zwei Seiten gelesen hatte, merkte sie, dass sie nichts davon aufgenommen hatte. Ihre Gedanken kreisten um den Patienten.

Sie waren jetzt fünfundvierzig Jahre verheiratet. Damals vier- und sechsundzwanzigjährig hatten sie sich total verliebt das Jawort gegeben. Aus der Verliebtheit war eine tiefe Liebe geworden, die bis heute angehalten hatte.

In ihrer Ehe hatte es nur eine Krise gegeben, als ihr der Arzt eröffnete, dass sie niemals Kinder haben konnte.

Dabei war sie eine junge, gesunde Frau gewesen.

Sie war vom Frühling bis zum Herbst so oft wie möglich zum See gefahren, um zu schwimmen. Leider hatte sie sich dabei im kalten Wasser eine Unterleibsinfektion zugezogen.

Sie hatte es zuerst auf die leichte Schulter genommen, bis nach einem halben Jahr die Schmerzen so gross wurden, dass sie eine Frauenärztin aufsuchte.

Diese schickte sie zum Röntgen ins Krankenhaus. Dort wurden noch weitere Untersuchungen durchgeführt, bei denen Eiterzysten festgestellt wurden, die man sofort operativ entfernen musste. Dabei wurden die Eileiter beschädigt.

Als sie die Diagnose erfuhr, fiel sie in ein tiefes Loch. Erich hatte sich Kinder gewünscht und sie hatte es als selbstverständlich angesehen, dass sie ihm diese schenken würde.

Es war damals ihr Mann, der sie stützte und sie aufzurichten versuchte, obwohl er ebenfalls sehr enttäuscht war.

Bei einer Nachbehandlung schnitt der Arzt dann das Thema Adoption an.

Erich war zuerst skeptisch. Ihretwegen, nicht wegen dem fremden Kind.

«Kannst du denn eine Mutter-Kind-Beziehung zu einem Kind, das du nicht geboren hast, aufbauen?«, fragte er sie.

Sie hatte schnell zugestimmt, aber er durchschaute sie.

«Nicht mir zu liebe», mahnte er.

«Du musst es dir wünschen. Du musst das Kind für dich wollen.»

«Ich kann auch ohne Kind leben und ich werde dich immer lieben», fügte er hinzu, da sie nicht gleich antwortete.

«Überleg es dir gut und wenn du dich, wie auch immer, entschieden hast, sag es mir. Lass dir Zeit, wir müssen uns nicht beeilen.»

Langsam war die Idee in ihr aufgegangen. Sie schaute in fremde Kinderwagen und stellte sich vor, mit so einem kleinen Wesen zusammenzuleben. Als Mutter ein Baby aufzuziehen, das ein kleines Mädchen, ein Teenager und schliesslich eine junge Frau werden würde.

Eines Abends, als sie auf der Terrasse sassen, platzte sie dann mit ihrer Antwort heraus.

«Es muss aber ein Mädchen sein», erklärte sie unvermittelt.

Erich, der dem ersterbenden Zwitschern der Vögel gelauscht hatte, zuckte zusammen.

«Was meinst du?», fragte er verblüfft.

«Es muss ein Mädchen sein, eine Tochter», bestimmte sie.

Erich verstand endlich, wovon sie sprach, denn seit Wochen war das Thema nicht mehr angeschnitten worden. Jetzt war ihre Entscheidung gefallen.

Und er akzeptierte sie. Er hatte sich eigentlich einen Sohn gewünscht. Einen Jungen mit viel technischem Verständnis.

Als Ingenieur bastelte Erich zu Hause an diversen Modellen herum. Er hatte neben anderem eine Dampfmaschine gebaut, die er mit Feuerzeugbenzin betrieb.

Ein solches Hobby mit seinem Sohn zu teilen, schwebte ihm vor. Ob ein Mädchen dafür dasselbe Interesse zeigen würde?

Egal, seine Frau hatte sich entschieden und bei einer Schwangerschaft hätte es ja auch eine Tochter sein können. Die hätte er genauso geliebt, davon war Erich überzeugt.

Sie leiteten dann die nötigen Schritte ein und nach einiger Zeit erfuhren sie von Dorothee.

Dann verstarb unerwartet Marlenes Mutter, weswegen sich der Abholtermin um ein paar Tage verzögerte.

Als sie dann vor dem schreienden Kind stand, wusste sie sofort, dass dieses Baby nur auf sie gewartet hatte. Nie vergass sie das Glücksgefühl, endlich ihre Tochter im Arm zu halten.

Es war eine sehr enge Mutter-Kind-Beziehung geworden.

Erich entdeckte bald, dass Technik nicht unbedingt geschlechtsspezifisch sein musste. Er spielte mit Dorothee Fussball und schenkte ihr eine Modelleisenbahn. Das Mädchen kroch mit ihm auf dem Boden herum und kreischte vor Vergnügen, wenn der Zug seine Runden drehte. Bald kannte sie viele Typen der Lokomotiven, manchmal besser als ihre Kameraden im Kindergarten und später in der Schule.

Trotzdem spielte das Kind auch mit Puppen. Nur für Mode hatte sie kein Flair. Sie zog einfach an, was ihre Mutter ihr gab.

Da diese als gelernte Schneiderin vieles selbst nähte, sorgte sie für eine unauffällige Eleganz, was sich auch dem Mädchen einprägte.

So wuchs Dorothee zu einer jungen, selbständigen Frau heran, die einen Beruf erlernte und auch eine gute Stelle bekam.

Nur einmal gab es eine Enttäuschung, damals als ihre Tochter erklärte, in eine eigene Wohnung umziehen zu wollen. Marlene konnte sich zuerst nicht damit abfinden, aber Erich stellte sich auf Dorothees Seite.

«Das Mädchen muss sich abnabeln. Sie vergisst uns schon nicht», tröstete er.

So kam es dann auch. Obwohl jetzt räumlich getrennt, war der Familienzusammenhalt beinahe noch enger geworden als vorher.

Ausser heute, wo Dorothee aus beruflichen Gründen nicht da war.

Du bist ungerecht, hielt sich Marlene vor. Immerhin hat sie dir Schwester Hedwig geschickt.

Marlene Schär klappte ihr Buch zu und legte es weg, da sie sich doch nicht darauf konzentrieren konnte. Sie beschloss ins Bett zu gehen.

Im Wohnzimmer der Trautmanns nahm Jakob seine Frau in den Arm.

«Was ist denn heute los mit dir?», erkundigte er sich behutsam.

Silvia lehnte den Kopf an seine Schultern. Tränen traten in ihre Augen, aber sie wischte sie nicht weg.

«Ich weiss auch nicht warum, aber ich muss schon den ganzen Tag daran denken, wie wir uns kennengelernt haben.»

Jakob lachte.

«Du meinst das verkorkste Mittagessen.»

Silvia nickte.

«Das und auch an die Heirat, die Kinder einfach mein, unser Leben», ergänzte sie.

«Tut es dir leid, dass wir keine grosse Hochzeit hatten?», fragte er.

«Nein, nein», schüttelte Silvia den Kopf.

«Aber manchmal habe ich das Gefühl mein ganzes Leben ist verkorkst.»

Jakob schob sie etwas von sich und schaute ihr lange in die tränenfeuchten Augen.

«Du bist überarbeitet», meinte er dann.

«Bleib doch mal einen Tag zu Hause. Deine Mutter kann doch sicher selbst einmal eine kleine Mahlzeit kochen.»

Silvia winkte heftig ab.

«Oder koch für zwei Tage, sodass sie es nur aufwärmen muss.»

Wieder schüttelte seine Frau den Kopf.

Jakob seufzte. Er war sich bewusst, dass Silvia sich nie von ihren Eltern lösen würde.

Nachdem sie geheiratet hatten, wollte er die Neuigkeit gleich am anderen Tag seinen Eltern mitteilen. Er musste sie ja auch wegen der neuen Wohnung informieren.

Am Morgen bat ihn Silvia jedoch, noch nichts von der Hochzeit zu erzählen. Sie war sicher, dass seine Eltern sich sofort mit ihrem Vater in Verbindung setzen würden.

Jakob musste zugeben, dass diese Möglichkeit bestand und stimmte schliesslich schweren Herzens zu. Er war diese Heimlichkeiten leid und konnte sich nicht vorstellen, weshalb Silvia weiter darauf bestand.

Deshalb schlug er ihr vor, zusammen zu ihren Eltern zu fahren und diese vor die vollendete Tatsache zu stellen. Das wollte seine Frau jedoch auf keinen Fall.

Ausserdem musste sie zur Arbeit.

Der Zufall kam ihm schliesslich zu Hilfe.

Einen Tag später wollte Silvias Mutter waschen und holte einen schmutzigen Arbeitskittel ihrer Tochter aus deren Zimmer. Die Schranktür stand ein wenig offen und beim Schliessen, bemerkte sie das Fehlen des Sonntagskleides.

Es war unwahrscheinlich, dass Silvia dieses Kleid ins Altersheim mitgenommen hatte. Wozu hätte sie es da gebraucht? Als die Mutter genauer nachschaute, stellte sie fest, dass noch andere Kleidungsstücke und auch Wäsche fehlte.

Sie rief im Altersheim an, aber dort erhielt sie die Auskunft, Silvia sei schon nach Hause gegangen.

Sie wartete eine Stunde, dann begann sie sich Sorgen zu machen. Für die paar Stationen mit dem Bus benötigte man nicht so lange. War ihr etwas passiert?

Sie rief nochmals im Heim an und fragte, ob Silvia wirklich nicht da sei.

«Können Sie nicht in ihrem Zimmer nachsehen», bat sie.

«Aber sie wohnt doch nicht mehr bei uns», erhielt sie zur Antwort.

Frau Hefti war so perplex, dass sie einfach auflegte. Ihr Mann merkte ihre Verwirrung und sie berichtete die Neuigkeit.

Jetzt handelte der Vater. Er rief im Heim an und verlangte die Leiterin. Diese gab ihm Silvias Adresse.

Sofort fuhr er in die Kleinstadt. Am Haus angekommen, suchte er die Klingelschilder nach Silvias Namen ab, fand ihn aber nicht. Nachdem er sich vergewissert hatte, bei der richtigen Hausnummer zu sein, schaute er nochmals nach.

Hefti gab es nicht, aber Trautmann! Das hatte er beim ersten Mal übersehen. Nachdem er festgestellt hatte, in welchem Stockwerk die Wohnung lag, stieg er die Treppe hoch.

Silvia kochte gerade das Abendessen, als es klingelte. Nichtsahnend öffnete sie die Tür und stand vor ihrem wütenden Vater.

«Hier bist du also», legte er gleich los und trat unaufgefordert ein.

«So eine bist du also. Lebst hinter meinem Rücken in Sünde mit einem Mann zusammen.»

Silvia war so erschrocken und verblüfft, dass sie unfähig war, ein Wort herauszubringen. Sie flüchtete in die hinterste Ecke der Kochnische und wurde von ihrem Vater mit erhobener Hand verfolgt.

Keiner der beiden bemerkte, dass Jakob in diesem Moment die Wohnung betrat und sofort die Situation erfasste.

Er war zu weit weg, um Silvia zu beschützen. Um auf sich aufmerksam zu machen, pfiff er durch die Finger.

Der durchdringende Ton veranlasste den Vater stehen zu bleiben und sich umzudrehen. Das benutzte Silvia, an ihm vorbei zu huschen und sich ihrem Mann in die Arme zu werfen.

Dieser Affront war wiederum für den Vater zu viel. Er ballte die Fäuste und wollte auf Jakob losgehen.

«Stopp!», rief dieser.

«Wir sind verheiratet.»

Als sei er gegen eine Mauer geprallt, blieb ihr Vater stehen.

«Wir haben vor zwei Tagen geheiratet», erklärte Jakob, verzichtete jedoch, seinen Schwiegervater darauf hinzuweisen, dass sie damit ja dessen Herzenswunsch erfüllt hatten.

«Geheiratet?», stotterte dieser.

«Entschuldige, aber ich habe einen langen Tag hinter mir und würde jetzt gerne essen», erklärte Jakob ruhig.

«Leider haben wir nicht mit dir gerechnet, aber wenn du einen Kaffee willst, den haben wir.»

Langsam wurde sich Vater Hefti der Peinlichkeit der Situation bewusst.

«Nein, danke», wehrte er ab.

«Ich gehe jetzt besser.»

Unter der Türe drehte er sich nochmals um.

«Kommt ihr am Sonntag zum Essen», bat er.

Bevor Jakob etwas sagen konnte, stimmte Silvia zu und ihr Vater schloss die Türe hinter sich.

Jetzt neunzehn Jahre später stand er wieder vor einer ähnlichen Situation.

«Soll ich mal mit deinen Eltern sprechen?», fragte er seine Frau und trocknete ihre Tränen.

Silvia zuckte unschlüssig die Schultern.

«Wir gehen am Sonntag ins Dorf und suchen nach einer Lösung, die dich entlastet», versprach er ihr.

Silvia war alles recht. Wenn es Jakob in die Hand nahm, würde es schon gut werden. Er konnte sich gegen ihren Vater durchsetzen, das wusste sie.

Aber die Mutter brauchte ihre Hilfe. Jakob würde auch das einsehen, wenn er ihren Zustand bemerkte. Nur wie er dieses Problem lösen wollte, war ihr schleierhaft.

Im Hügeldorf, lag Marlene Schär eine Stunde früher als gewohnt im Bett und versuchte Schlaf zu finden. Um ihren Mann nicht zu stören, hatte sie, sobald sie im Nachthemd war, das Licht gelöscht.

Im Dunkeln und mit geschlossenen Augen lauschte sie Erichs rasselnden Atemzügen. Sie kamen zwar ziemlich regelmässig, wurden aber öfter durch eine Art Husten unterbrochen. Dann hatte man den Eindruck, dass tief unten in seinen Lungen ein röchelndes Geräusch entstand, das sich mühsam den Weg an die Oberfläche bahnte.

Nur gut, dass Schwester Hedwig diese Tabletten gebracht hatte. Sie war überhaupt eine nette Frau.

Sie hatte sich damals nach dem blöden Unfall so liebevoll um Dorothee gekümmert, dass Marlene beeindruckt war. Noch Jahre später erkundigte sich die Schwester nach Dorothees Befinden und meinte das durchaus nicht nur gesundheitlich. Sie freute sich, dass das Kind eine gute Schülerin war und interessierte sich wirklich für die Berufswahl des Teenagers.

Marlene hatte keine Vergleichsmöglichkeit und so nahm sie einfach an, dass die ledige Schwester sich um alle ihre Patienten bemühte, vielleicht weil sie ihr die Familie ersetzten.

Ausserdem hatte sie wahrscheinlich nicht viele Kinder zu betreuen, so dass Dorothee einen besonderen Platz einnahm.

Marlene dachte an den Nachmittag, als die Schwester zum ersten Mal vorbeikam. Damals hatte sie ein unerklärliches Gefühl der Vertrautheit beschlichen. Als hätte sie die Frau schon früher gekannt, was natürlich Unsinn war.

Auch zwischen Dorothee und Schwester Hedwig hatte die Chemie sofort gestimmt, das hatte die Mutter gleich gemerkt.

Wenn das Kind später von den flüchtigen Begegnungen erzählte, tat sie das immer, wie wenn es sich um eine Verwandte handeln würde, die man nicht so oft sah.

Deshalb überraschte es Marlene nicht, dass sich ihre Tochter heute ausgerechnet an Schwester Hedwig gewandt hatte. Wen sonst hätte Dorothee anrufen sollen?

Mit diesem Gedanken schlief Marlene endlich ein.

In der Kleinstadt versuchte Silvia etwas von der Fernsehsendung mitzubekommen, die Jakob nach den Nachrichten gewählt hatte. Ihre Augen schlossen sich immer wieder und einmal sank ihr der Kopf auf die Brust.

«Geh doch ins Bett», riet ihr Mann.

Dankbar erhob sich Silvia und wollte mit einem «Gute Nacht» an ihm vorbeigehen.

«Soll ich mitkommen», fragte er und wollte schon den Fernseher ausmachen, aber seine Frau wehrte schnell ab.

«Nur kuscheln», beschwichtigte er, merkte aber, dass sie sich schon versteift hatte.

«Schon gut, geh nur alleine», lenkte er ein.

Er wartete noch, bis sie aus dem Bad kam. Doch nachdem sich die Schlafzimmertür hinter ihr geschlossen hatte, schaltete er das Gerät aus und stellte sich ans Fenster.

Er musste unbedingt eine Lösung finden. Nicht nur die doppelte Belastung .

Der Zustand seiner Ehe beschäftigte ihn schon seit längerem. Seine Frau hatte kein gelöstes Verhältnis zur Sexualität.

Seit es klar war, dass sie keine Kinder mehr bekommen konnte, betrachtete sie den ehelichen Akt als Pflicht. Jakob war sich nicht ganz sicher, ob das nicht sogar schon früher so gewesen war.

Jedenfalls war lustvoller Sex für sie Sünde, das hatte ihm seine Frau einmal gesagt.

Jakob konnte sich mit der Situation an sich abfinden, aber seine Frau tat ihm leid. Seiner Ansicht nach entging Silvia ein wesentlicher Bestandteil des Lebensgefühls. Dass sie es nicht zu vermissen schien, machte es in seinen Augen auch nicht besser.

Wenn er nur wüsste, was der Auslöser dieser Blockade war. Er hatte ihr schon geraten eine Therapie zu machen, aber sie hatte sich wieder einmal von ihrem Vater beeinflussen lassen.

In dessen Augen war dieser ganze «psychologische Kram» Mumpitz. Vertrau auf Gott! Das war seine Devise.

Jakob hatte seine starke biblische Erziehung inzwischen überwunden. Er glaubte an Gott und ging auch mehr oder weniger regelmässig in die Kirche. Er lebte nach den christlichen Regeln der Nächstenliebe, aber für die strengen religiösen Ansichten einiger sehr fundamentaler Leute war in seinem Leben kein Platz mehr. Für ihn war die Bibel ein Buch, dessen Inhalt für das Dasein und die Seele wichtig war, aber auch mit einer gewissen Toleranz auf die heutige Zeit und Gesellschaft übertragen werden musste.

Dazu hatte auch der Bruch mit seinen Eltern beigetragen. Als die Bombe mit der Heirat damals geplatzt war, hatten ihm seine Eltern, zu Recht wie er zugeben musste, Vorwürfe gemacht. Er hatte sie hintergangen und sie trauerten dem entgangenen Hochzeitsfest nach.

Dass es die ausgesuchte Schwiegertochter war, schien plötzlich ein Nachteil zu sein, denn ihr wurde der schwarze Peter zugeschoben. Auch in diesem Punkt musste ihnen Jakob innerlich zustimmen, obwohl der eigentlich Schuldige sein Schwiegervater war.

Jakobs Familie brach den schon vorher nur losen Kontakt zum Ehepaar Hefti ganz ab. Ausser einem kurzen Nicken vor oder in der Kirche, ging man sich aus dem Weg.

Das schien seinen Schwiegervater jedoch nicht zu stören. Seine Schwiegermutter hatte zuerst ähnlich reagiert, als man am besagten Sonntag zu Besuch kam. Sie hatte sich doch für ihre Tochter eine weisse Hochzeit gewünscht.

«Lass das blöde Geflenne», befahl ihr Mann genervt.

«Sie haben geheiratet und das wollten wir ja so.»

Das war das letzte Mal, dass er die heimliche Heirat erwähnte. Er ging einfach zur Tagesordnung über, die er nur noch um den frischgebackenen Schwiegersohn erweiterte.

Fast jeden Sonntag ging man im Bachdorf zur Kirche mit anschliessendem Mittagessen.

Als dann endlich die Kinder auf der Welt waren, wechselten sich die beiden Frauen beim Hüten ab, sodass man gezwungenermassen mindestens alle vierzehn Tage auswärts ass.

Da es sich nur um die Sonntage handelte, gelang es Jakob, sich mit den Schwiegereltern zu arrangieren. Trotzdem war er froh, um jeden ausserhalb des Bachdorfes verbrachten Sonntag. Das hätte er Silvia gegenüber jedoch nie eingestanden, einfach weil er sie nicht verletzen wollte.

Er konzentrierte sich auf seine kleine Familie, die er sehr liebte und so viel Zeit wie möglich mit ihr verbrachte.

Jakob wandte sich vom Fenster ab und machte sich ebenfalls fürs Bett zurecht. Als er ins Schlafzimmer kam, hörte er an Silvias gleichmässigen Atemzügen, dass sie tief schlief. Ohne Licht zu machen, tastete er sich auf seine Seite und schlüpfte behutsam unter die Decke. Fünf Minuten später war er auch eingeschlafen.

Am Freitagmorgen war Schwester Hedwig noch beim Frühstück, als das Telefon klingelte. Diesmal war es Frau Schär.

«Schwester, bitte, können Sie gleich vorbeikommen? Meinem Mann geht es sehr schlecht», weinte sie.

«Wollen Sie nicht den Hausarzt rufen?», fragte die Schwester.

«Da ist erst ab acht Uhr jemand in der Praxis», erklärte Marlene.

Alarmiert brach die Schwester auf und war fünf Minuten später da. Schon als sie ins Schlafzimmer trat hörte sie die typischen Atemzüge einer Lungenentzündung.

Sie nahm ihr Handy und suchte die private Nummer des Hausarztes.

Dieser wusste, dass es ernst war, wenn die erfahrene Schwester so drängte und versprach, sofort zu kommen.

Als er den Patienten abhörte, war der Fall klar.

«Ihr Mann muss ins Krankenhaus, Frau Schär. Das ist eine starke Bronchitis mit Lungenentzündung. Seit den Herzproblemen ist er sowieso geschwächt. Er braucht jetzt jede Pflege, die er bekommen kann.»

«Aber Schwester Hedwig ...», versuchte Marlene einzuwenden.

«Ich kann nicht den ganzen Tag da sein», stimmte die Schwester zu.

«In der Klinik ist er besser aufgehoben.»

Der Arzt rief an und bestellte einen Krankenwagen. Die Schwester half Marlene ein paar Toilettenartikel einzupacken. Diese weinte die ganze Zeit leise vor sich hin.

Als die Ambulanz vorfuhr, schlug Hedwig vor, dass Frau Schär mitfuhr.

«Aber wenn Dorothee anruft, ist niemand da», wandte diese ein.

«Geben Sie mir die Handynummer, ich rufe sie an», bot die Schwester an.

Inzwischen war Erich Schär ins Krankenauto gebracht worden. Marlene nahm die Handtasche, schloss ab und stieg ebenfalls ein.

Vor dem Haus blieben der Hausarzt und die Schwester zurück und sahen dem Wagen nach.

«Das gefällt mir gar nicht», brummte der Arzt und ging mit kurzem Gruss auf sein Auto zu.

Erschrocken blickte ihm die Schwester nach. Hatte ihre Ahnung sie doch nicht getäuscht?

Sie fuhr nach Hause und versuchte Dorothee auf dem Handy zu erreichen, aber es war ausgeschaltet.

Während ihrer Runde machte Hedwig jede halbe Stunde einen neuen Versuch und endlich, um zehn Uhr nahm Dorothee, die gerade Pause hatte, ab.

Sie erschrak, als sie hörte, wo sich ihr Vater befand. Dann versprach sie, gleich nach der offiziellen Schulung heimzufahren.

«Den geselligen Teil, der zum Abschluss geboten wird, könnte ich jetzt doch nicht geniessen», erklärte sie.

«Dann bin ich spätestens um sechs zurück.»

«Können Sie nicht ihre Mutter kurz anrufen, damit sie weiss, dass alles in Ordnung ist?»

«Mutter hat doch kein Handy», erklärte die junge Frau.

«Ach herrje», seufzte Hedwig, der langsam einiges vom Morgen klar wurde.

Schnell überlegte sie, wie sie ihre Tour umdisponieren konnte.

«Ich fahre schnell beim Krankenhaus vorbei», schlug sie vor.

«Vielen, vielen Dank», nahm Dorothee das Angebot erleichtert an.

Silvia hatte so gut geschlafen, wie seit langem nicht mehr. Heute würde sie spielend mit ihrem Tagesablauf fertig werden, das spürte sie.

Sie schickte die Knaben in die Schule und nahm sogar einen Bus früher als sonst. Es war nur eine Viertelstunde, aber für sie war es ein Erfolg.

Da die Eltern sie noch nicht erwarteten, trat sie unbemerkt ein.

Das Ehepaar Hefti sass in der Küche und trank noch den Morgenkaffee. Der Vater blätterte dabei durch die Zeitung und informierte jeweils seine Frau, worüber er gerade las.

«Da Schreiben sie wieder über Abtreibung», legte er gerade los, als Silvia im Flur vor die angelehnte Küchentür trat.

Schnell blieb sie stehen und lauschte. Das tat man zwar nicht, aber wenn er sich so aufregte, wollte sie ihm nicht begegnen. Heute schon gar nicht, wo alles so gut lief.

Heinz hielt einen Monolog, über sündhaftes Verhalten, wie vorehelichen Sex und Mord. Ja, Abtreibung war reiner Mord. Das waren alles gefallene Mädchen, er verwendete tatsächlich diesen Ausdruck, die sich gezwungen sahen, so etwas zu tun.

«Aber denk doch an die Schande, ein uneheliches Kind zu bekommen», wagte es die Mutter einzuwenden, als er einmal Luft holen musste.

«Sag ich doch. Kein Sex und dann gibt es auch keine Schande», gab er zurück.

«Es ist doch nicht immer die Schuld des Mädchens», wandte sie als nächstes Argument ein.

«Was hättest du gemacht, wenn Silvia unverheiratet schwanger geworden wäre?»

Einen Moment wurde es still. Silvia konnte sich direkt

vorstellen, wie verblüfft der Vater dreinblickte. Schliesslich räusperte er sich.

«Nun die Sorge hat uns Jakob ja abgenommen, indem er sie gleich geheiratet hat», sagte er endlich.

Aber die Mutter war heute ungewöhnlich stur.

«Ich will jetzt wissen, was du getan hättest, wenn Silvia vor der Ehe schwanger geworden wäre», beharrte sie.

«Nicht von Jakob», setzte sie noch hinzu.

«Diese Schande hätte ich nicht überlebt», gab er endlich zu.

«Das beantwortet meine Frage nicht.»

«Nun dann hätte sie eben diesen Kerl heiraten müssen», schlug er vor.

«Und wenn der schon verheiratet war. Wenn es nur die Möglichkeit uneheliches Kind oder Abtreibung gegeben hätte? Wofür hättest du dich dann entschieden?»

«Was soll der ganze hypothetische Kram? Sie ist nicht schwanger geworden und damit basta.»

Silvia hörte, wie er vom Tisch aufstand und die Zeitung zusammenknüllte. Gleich würde er auf dem Gang erscheinen. Sie sah sich nach einem Fluchtweg um und ging zur Haustüre zurück.

«Gib doch einfach zu, dass du von ihr eine Abtreibung verlangt hättest», sagte ihre Mutter mit fester Stimme.

Um Silvia drehte sich plötzlich alles. Sie tastete schnell nach der Türklinke und trat an die frische Luft. Sie sank auf die Bank neben der Haustüre und kämpfte gegen einen Brechreiz. Dann wurde ihr schwarz vor den Augen.

Schwester Hedwig fuhr auf den grossen Parkplatz des Krankenhauses. Um diese Zeit gab es genügend freie

Lücken. Der Besucherstrom würde erst am Nachmittag einsetzen.

Sie hatte die restlichen Vormittagspatienten angerufen und wegen eines Notfalls auf später verschoben.

Es würde einen späten Feierabend geben, aber sie musste sich jetzt um diese Familie kümmern.

Sie kannte sich aus. Als der Pförtner ihr die Zimmernummer nannte, wusste sie sofort, dass Erich Schär auf der medizinischen Abteilung lag.

Marlene Schär sass am Bett ihres Mannes und wischte von Zeit zu Zeit eine Träne weg. Er hing an einer Infusion und schien zu schlafen.

Im zweiten Bett lag ein betagter Mann, der in einem Pflanzenbuch blätterte.

Als Schwester Hedwig ins Zimmer trat, atmete Marlene auf. Sie winkte ihr zu und kam ihr entgegen.

«Gehen wir auf den Flur», schlug sie vor.

«Was sagen die Ärzte?», erkundigte sich die Schwester draussen.

«Dasselbe wie der Hausarzt und sie haben ihm starke Medikamente gegeben. Er ist nicht richtig ansprechbar», schluchzte Marlene auf.

Hedwig legte beruhigend den Arm um die ältere Frau.

«Ich habe Dorothee erreicht», verkündigte sie die positive Nachricht.

Sie erzählte, was Dorothee beschlossen hatte. Die Mutter atmete auf.

In diesem Moment kam die Stationsschwester vorbei. Schwester Hedwig hielt sie auf.

Sie sprachen in medizinischen Worten, die Marlene nicht verstand, über Erichs Zustand.

«Gehen Sie doch nach Hause», schlug die Stationsschwester Marlene vor.

«Ihr Mann wird für die nächsten Stunden nicht ansprechbar sein.»

Unsicher schaute diese zu Hedwig.

«Dort haben sie etwas zu tun. Das wäre sicher besser, als hier herumzusitzen und sich Sorgen zu machen», bestätigte die Gemeindeschwester.

Marlene willigte erst ein, nachdem ihr versichert worden war, dass man sie bei einer Änderung von Erichs Zustand sofort verständigen werde.

Hedwig bot ihr an, sie mitzunehmen.

Auf dem Weg ins Hügeldorf fiel Marlene plötzlich ein, dass Dorothee ja direkt ins Krankenhaus fahren wollte.

«Dann bin ich nicht da», sagte sie erschrocken.

Schwester Hedwig seufzte. Ihr war bisher nicht bewusst gewesen, wie unselbständig Marlene Schär in ungewohnten Abläufen war. Hedwig hatte sie immer nur im und um das Haus herum gesehen und ihre direkte Umgebung hatte die Frau perfekt im Griff. Langsam verstand sie Dorothees Sorgen.

«Fahren Sie doch am späteren Nachmittag wieder hinüber», schlug Hedwig das am nächsten liegende vor.

«Ihre Tochter ist bis vier Uhr an dieser Schulung. Sie haben also genügend Zeit.»

Marlene nickte erleichtert.

Vor dem Haus wollte sie die Schwester noch zu einem Kaffee einladen, aber diese war inzwischen in echte Zeitnot geraten. Mit dem Hinweis auf ihre Patienten lehnte sie schweren Herzens ab. Sie wartete noch bis Frau Schär im Haus verschwunden war, dann machte sie sich wieder auf ihre Tour.

Heinz Hefti trat wütend auf den Flur. Dass ihn seine Frau so in die Ecke drängte, war er sich nicht gewohnt. Nanu, wieso stand die Haustür offen?

Er wollte sie schliessen, als er Silvia zusammengesunken auf der Bank sah.

«Mutter komm mal. Schnell es ist etwas mit Dorothee!»

Seine Frau kam mehr neugierig als besorgt aus der Küche. Doch als sie ihre Tochter sah, wusste sie, dass es ernst war.

«Schnell, leg sie hin», befahl sie energisch.

Nachdem Dorothee auf die Bank gebettet war, holte ihre Mutter ein feuchtes Tuch und wusch ihr das Gesicht.

Endlich schlug die blasse Frau verwirrt die Augen auf. Sie sah fragend zwischen den Eltern hin und her.

«Was ist passiert?», wollte sie leise wissen.

«Keine Ahnung», brummte ihr Vater.

«Du bist bewusstlos auf der Bank gesessen. Wieso bist du überhaupt schon da?»

«Das ist doch jetzt nicht wichtig», wandte seine Frau ein.

«Lass sie doch erst einmal zu sich kommen.»

Undeutlich erinnerte sich Silvia an ein Gespräch. Wer hatte sich worüber aufgeregt? Sie konnte den Gedanken nicht fassen. Es hatte sie betroffen, aber wie?

«Kannst du wenigstens ins Haus kommen, die Nachbarn müssen ja nicht alles mitbekommen», brummte der Vater und musterte die Umgebung.

Ärgerlich schüttelte seine Frau den Kopf und half Silvia sich aufzurichten.

«Nun stütz sie doch mal, wenn du sie schon drin haben willst», wies Erika ihren Mann an.

Dieser griff der Tochter unter die Arme und führte sie ins Wohnzimmer, wo er sie aufs Sofa bettete.

«Ich mache dir einen Kaffee, das regt den Kreislauf an», schlug die Mutter vor.

Silvia winkte schnell ab. Nur schon der Gedanke an das schwarze Getränk brachte ihren Magen in Aufruhr. Sie hielt sich unwillkürlich die Hand vor den Mund.

«Wohl besser einen Tee», erkannte Erika die Geste.

Dankbar nickte Silvia.

Ihr Vater hatte die ganze Zeit unschlüssig am Tisch gestanden. Mit schwachen oder kranken Menschen konnte er nichts anfangen. Das verbarg er jeweils hinter einem rüden Verhalten.

Jetzt setzte er sich mit einem unverständlichen Brummen an den Tisch. Sollten die Frauen doch schauen wie sie zurechtkamen. Trotzdem schielte er neugierig zu seiner Tochter.

Nach ein paar Minuten kam seine Frau mit einer Tasse Tee und setzte sich auf die Sofakante.

Silvia konnte sich alleine aufrichten und trank einige Schlucke. Das tat gut.

«Ich weiss nicht, was mit mir geschehen ist. Ich bin einen Bus früher gekommen. Plötzlich wurde mir schwindlig und ich schaffte es gerade noch zur Bank.»

«Du bist überarbeitet», stellte Erika fest.

Dass ihre Mutter die gleichen Worte wie Jakob benutzte, brachte Silvia auf eine Idee.

«Es wird mir wirklich etwas zu viel, dieses ständige Hin- und Herfahren», gestand sie schnell.

«Ich könnte doch vorkochen und nur jeden zweiten Tag kommen», versuchte sie es mit dem Vorschlag ihres Mannes.

Während Erika zustimmend nickte, schaute ihr Vater skeptisch zu den Frauen hin.

«Und wenn Mutter wieder schweres Asthma hat?», wandte er ein.

«Dann rufst du an», schlug diese vor.

«Im Notfall kann sie dann ja einmal zusätzlich kommen», fuhr sie fort.

Silvia erschrak. Ihrem Vater traute sie zu, dass er plötzlich immer einen schlechten Zustand seiner Frau als Vorwand benützen würde. Er wollte Silvia einfach da haben, egal wie es Erika tatsächlich ging.

«Besser ich rufe an und spreche mit dir», wandte sich Silvia schnell an ihre Mutter.

Sie erkannte deren Befinden jeweils schon am Tonfall. So konnte sie selber beurteilen, ob sie wirklich Hilfe brauchte.

«Genauso machen wir es», bestimmte Erika über den Kopf ihres Mannes hinweg.

Heinz quittierte das Ganze mit einem Brummen, in dem etwas von Frauen und Herr im Hause durchklang und von diesen ignoriert wurde.

Silvia trank den Tee aus und stand auf. Es ging ihr wieder besser und sie konnte ihre Tätigkeiten in Angriff nehmen.

Dorothee Schär sass im Schulungsraum, aber sie konnte sich nicht auf das Referat konzentrieren. Ihre Gedanken kreisten um den Vater. Dass er in einem so schlechten Zustand war, dass er im Krankenhaus behandelt werden musste, hätte sie nicht erwartet.

Dabei war es nicht das Herz sondern die Lunge. Dorothee wusste, dass es vor allem bei älteren Menschen gefährlich werden konnte, wenn solche Entzündungen nicht richtig bekämpft wurden.

Vielleicht wollte der Hausarzt nur vorsichtig sein, machte sie sich Mut.

Die übrigen Teilnehmer klopften mit ihren Knöcheln auf die Pulte, um dem Referenten ihre Wertschätzung zu zeigen. Dorothee schreckte auf und schloss sich schnell an. Dabei hatte sie keine Ahnung, was dieser in den letzten Minuten vorgetragen hatte.

Der junge Mann, der sich schon gestern den Platz an ihrer Seite ausgesucht hatte, machte eine lobende Bemerkung. Als Dorothee nur flüchtig nickte, sah er sie erstaunt an. Gestern hatte er über ihr Fachwissen gestaunt und sie als lebhafte Person wahrgenommen. Jetzt wirkte sie wie weggetreten.

«Hat es ihnen nicht gefallen?», fragte er verwundert.

Dorothee zuckte mit den Schultern.

«Ehrlich gesagt, ich war mit meinen Gedanken woanders», gestand sie ernst.

Er wollte zuerst einen frivolen Scherz machen, worüber sich junge Frauen den Kopf zerbrachen, aber als er ihr Gesicht sah, verzichtete er.

«Probleme?»

«Mein Vater wurde heute Morgen notfallmässig ins Krankenhaus gebracht», erklärte sie.

«Am liebsten würde ich hier verschwinden.»

«Und warum tun Sie es nicht?»

«Ich brauche noch die Unterlagen der nächsten zwei Referate», seufzte sie.

«Geben Sie mir Ihre Adresse und ich schicke sie Ihnen», versprach er.

Im Stillen beschloss er, sie sogar vorbeizubringen. Sie imponierte ihm mächtig. Unter dem Vorwand ihr die Vorträge noch näher zu erläutern, konnte er sie wiedersehen.

«Das würden Sie tun? Das ist sehr nett, vielen Dank», stimmte sie zu und gab ihm eine Visitenkarte.

Leider stand da nur ihre Geschäftsadresse, aber es war besser als nichts.

Die kurze Pause war vorüber und Dorothee konnte gerade noch durch die Türe hinaus entwischen, bevor der nächste Redner zu sprechen anfing.

Silvia hatte mit einem Triumphgefühl den elterlichen Haushalt erledigt. Jetzt befand sie sich auf dem Heimweg.

Jakob würde grosse Augen machen, wenn er erfuhr, dass sie die Sache geregelt hatte. Sie war richtig stolz auf sich.

Sie wusste nicht wie lange es her war, seit sie sich gegen ihren Vater behauptet hatte.

Zu Hause betrat sie die Küche, um für die Kinder etwas herzurichten.

Ach was, heute nicht! Das musste gefeiert werden.

Als fünf Minuten später die Knaben hereingestürmt kamen, wurden sie schon im Flur gestoppt.

«Rechtsumkehrt!», befahl die Mutter.

«Wir gehen Hamburger essen.»

«Mit Pommes frites? So richtig verbotenes Fast Food», fragte Markus ungläubig.

«Ja, richtiges Fast Food», lachte Silvia.

«Bist du sicher?», fragte Johannes skeptisch.

Markus boxte ihn in die Seite.

«Sei bloss still, bevor sie es sich anders überlegt», flüsterte er leise.

«Wollt Ihr etwa nicht?», erkundigte sich die Mutter.

«Doch, natürlich», strahlte Johannes und rannte hinter seinem Bruder ins Treppenhaus.

Schwester Hedwig hatte die Mittagspause ausfallen lassen, um die verlorene Zeit wieder wettzumachen. So schaffte sie es um vier Uhr wieder bei Frau Schär zu sein.

Diese wollte gerade zum Bus gehen. Hedwig bot ihr an, sie hinzufahren.

Im Krankenhaus ging Marlene direkt zu Erich. Hedwig suchte die Stationsschwester auf.

«Wir wollten vorhin Frau Schär verständigen. Der Zustand ihres Mannes hat sich verschlechtert. Aber sie nimmt nicht ab.»

«Ich habe sie gerade hergefahren. Sie ist schon bei ihm», erklärte Hedwig.

Die Stationsschwester trat mit ihr ins Zimmer. Zwischen Erich und seinem Zimmernachbar war eine Trennwand aufgestellt worden.

Marlene stand am Bett und sprach leise auf ihren Mann ein, der aber nicht reagierte.

Die Stationsschwester erklärte ihr, dass Erich bewusstlos sei. Er hatte vor einer Viertelstunde eine starke Spritze bekommen, deren Wirkung jetzt abgewartet werden musste.

In diesem Moment ging die Türe auf und Dorothee trat ein. Alle schauten sie erstaunt an.

«Guten Tag, wie geht es ihm?»

Dorothee nahm ihre Mutter in den Arm. Diese begann zu weinen.

«Das ist seine Tochter», stellte Hedwig die junge Frau vor.

Die Stationsschwester wiederholte ihre Erklärungen und verliess das Zimmer.

«Ich bin früher gegangen», sagte Dorothee, mehr zu Hedwig als zu der Mutter.

Die Schwester nickte. Da sich jetzt jemand um Frau Schär kümmerte, konnte sie eigentlich nach Hause gehen.

Unschlüssig trat sie einen Schritt zurück.

«Wenn Sie Hilfe brauchen, können Sie mich jederzeit anrufen», bot sie der jungen Frau an.

Diese bedankte sich nochmals für alles und wandte sich wieder Marlene zu.

Leise verliess Hedwig den Raum.

Als Jakob nach Hause kam, überschlugen sich die Knaben bei der Erzählung des ungewöhnlichen Mittagessens.

Silvia, die das laute Geplapper hörte, schaute lächelnd um die Ecke. Jakob trat zu ihr in die Küche.

«Was war denn der Anlass?», fragte er.

Seine Frau neigte nicht ohne Grund zu einer solchen Spontanität.

«Ab nächster Woche gehe ich nur noch am Montag, Mittwoch und Freitag ins Bachdorf», verkündete sie stolz.

Jakob schaute sie verblüfft an.

«Wissen das auch deine Eltern?», erkundigte er sich vorsichtig.

Silvia nickte.

«Alles abgemacht. Am Dienstag und Donnerstag rufe ich an, um zu sehen, wie es Mutter geht. Wenn sie kein schweres Asthma hat bleibe ich hier. Genauso wie du es gestern vorgeschlagen hast.»

Jakob traute der Sache immer noch nicht.

«Und dein Vater?»

«Der hat sich gefügt, nach dem Schreck, den ich ihm eingejagt habe», lachte seine Frau.

«Weisst du, ich bin zum Haus gekommen und da ist mir schwindlig geworden. Ich muss einen Moment bewusstlos auf der Bank gelegen haben. Er hat mich gefunden.»

Sie erzähle das mit einem Lächeln auf dem Gesicht, als ob sie sich darüber freuen würde.

«Aber jetzt geht es dir wieder gut?», wollte er etwas besorgt wissen.

«Blendend», bestätigte sie.

«Mutter war sofort auf meiner Seite, da blieb ihm nichts anderes übrig, als zuzustimmen.»

Jakob war sich immer noch nicht sicher, was er von der Geschichte halten sollte. Hatte Silvia diese Ohnmacht nur gespielt? Oder war vielleicht der seelische Druck zu gross geworden?

«Du bist also einfach umgekippt?»

Silvia sah seine Besorgnis.

«Ich weiss nicht mehr genau, was war», gab sie zu.

«Ich habe meine Eltern reden hören. Vater hat sich wieder einmal aufgeregt. Es ging irgendwie um mich, aber ich erinnere mich nicht mehr, was er sagte. Jedenfalls wurde mir schlecht und dann weiss ich nichts mehr.»

Silvias Euphorie schwand. Jakob merkte es an ihrem Gesichtsausdruck und es tat ihm leid. So fröhlich wie heute hatte er seine Frau schon lange nicht mehr erlebt.

«Das hast du super gemacht mit der Abmachung», versuchte er sie schnell aufzubauen.

Dankbar nahm sie das Lob entgegen.

«Nachdem ich einen Tee getrunken habe, ging es mir wieder besser. Ich konnte alles erledigen und habe auch schon für morgen vorgekocht.»

Jakob war sich jetzt sicher, dass es eine psychosomatische Reaktion gewesen war. Doch wenn er Silvia richtig verstanden hatte, war das Gespräch der Auslöser. Worüber hatten ihre Eltern nur gesprochen? Das hätte er gerne gewusst.

Schwester Hedwig sass in ihrer kleinen Wohnung. Normalerweise machte es ihr nichts aus, dass sie alleine lebte. Sie hatte nie heiraten wollen. Ja vielleicht, wenn der richtige gekommen wäre, aber sie hatte ihn auch nicht gesucht. Sie war ganz in ihrem Beruf aufgegangen.

Auf den Mann konnte sie verzichten, mit Kindern war es etwas anderes. Es tat ihr manchmal leid, dass sie nie Mutter geworden war, aber dann freute sie sich wieder über Dorothee.

Ob sie immer noch im Krankenhaus war? Seit die Schwester die Vorkehrung mit der Trennwand und die starken Medikamente gesehen hatte, befürchtete sie das Schlimmste.

Dass das Kind so eine schwere Zeit durchmachen musste, machte Hedwig traurig.

Was würde Dorothee tun, wenn ihr Vater starb? Wie würde ihre Mutter mit der Situation fertig? Hedwig glaubte nicht, dass Frau Schär das ohne Unterstützung durch ihre Tochter bewältigen konnte. Es würde für diese eine schwere Belastung werden.

Ob sie nochmals hinfahren sollte?

Ein Blick zur Uhr belehrte sie, dass es schon zehn Uhr war.

Du gehörst nicht zur Familie, sagte sie sich.

Sie stand auf, um sich zum Schlafen umzuziehen. Vorsorglich nahm sie noch ein Buch mit. Das würde sie ablenken und meist schlief sie nach ein paar Seiten ein.

Das Wochenende verlief ungewöhnlich fröhlich für die Familien Trautmann und Hefti.

Am Sonntag nach der Kirche kochte Silvia bei den Eltern und Heinz Hefti spielte auf dem Rasen mit den Enkeln Fussball.

Jakob sass mit der Schwiegermutter auf der Terrasse. Sie bestätigte ihm die Abmachung zwischen ihrer Tochter und ihr.

«Sag mal, hat Silvia das öfter, dass sie ohnmächtig wird», erkundigte sich Erika.

Jakob schüttelte den Kopf.

«Soweit ich weiss, war es das erste Mal. Aber nachher ging es ihr ja wieder gut. Ich glaube nicht, dass es mit einer Krankheit zu tun hat, so aufgestellt, wie Freitagabend habe ich sie schon lange nicht mehr erlebt.»

Seine Schwiegermutter nickte verstehend.

«Nun es muss ja keine Krankheit sein», deutete sie an. «So alt ist Silvia auch wieder nicht.»

Endlich verstand Jakob, worauf Erika hinauswollte. Offenbar wusste sie nichts von dem Eingriff, den Silvia machen liess.

«Sie ist nicht schwanger», sagte er schnell.

Erika warf ihm einen skeptischen Blick zu, der aussagte, dass Männer auch nicht alles wussten.

Jakob fühlte sich gezwungen, die Neugier der Mutter zu zügeln, bevor diese seine Frau unnötig unter Druck setzte.

«Silvia kann keine Kinder mehr bekommen. Bei Johannes Geburt gab es eine Komplikation», sagte er schnell.

«Bitte sprich nicht mit ihr darüber, es tut ihr zu fest weh.»

Diese Erklärung wurde verständnisvoll akzeptiert.

«Sag mal», begann Jakob jetzt zu forschen.

«Bevor Silvia am Freitag zu euch gekommen ist, hat Heinz sich da aufgeregt? Silvia hat gesagt, sie habe ihn laut reden gehört, aber nicht verstanden, worum es ging.»

Erika erschrak. Hatte ihre Tochter das Gespräch belauscht. Das würde einiges erklären. Nur konnte sie ihrem Schwiegersohn nichts sagen, ohne Silvia zu verraten. Denn, dass diese ihren Mann über ihre Vergangenheit aufgeklärt hatte, bezweifelte die Mutter.

«Ach, da stand ein Artikel in der Zeitung, der Heinz missfiel. Du kennst ihn ja, er ist immer gleich auf hundertachtzig.»

Zum Glück rief Silvia zum Essen.

Nach einem gemütlichen Nachmittag mit Kaffee und

Kuchen, fuhr Familie Trautmann in die Kleinstadt zurück.

«Wenn Opa will, kann er richtig nett sein», verkündete Johannes vom Rücksitz des Autos aus.

Da er gerade einen Reiher auf der Wiese beobachtete, bemerkte er weder das Lächeln von seinem Vater, noch das Seufzen der Mutter.

Dorothee und ihre Mutter hatten das Wochenende zusammen verbracht. Dabei hatten sie sich mehrheitlich im Krankenhaus aufgehalten.

Nach einer kurzen Besserung am Samstag, die zu Hoffnungen Anlass gab, verschlechterte sich Erichs Zustand am Sonntagabend rapide. Er war nicht mehr ansprechbar.

In der Nacht zum Montag starb Erich Schär, ohne noch einmal das Bewusstsein erlangt zu haben. Die beiden Frauen hatten gemeinsam am Bett gewacht, als die Atemzüge des Patienten plötzlich aufhörten.

Nachdem der Stationsarzt den Tod bestätigt hatte, brachte Dorothee ihre weinende Mutter nach Hause und blieb bei ihr. Der Arzt hatte ihr noch ein Beruhigungsmittel gegeben, so dass Marlene Schär bald einschlief.

Dorothee richtete das Bett in ihrem Kinderzimmer her.

Trotzdem sie fast die ganze Nacht durchwacht hatte, konnte sie nicht einschlafen. Sie grübelte über die vielen Aktivitäten nach, die morgen auf sie zukamen. Die ganzen Behördengänge und was sonst noch mit einem Todesfall zusammenhing. Ihre Mutter war zu hilflos, es würde an der Tochter hängenbleiben.

Im Osten rötete sich schon der Himmel, als die Müdigkeit endlich die Oberhand gewann und Dorothee einschlummern liess.

In der Kleinstadt beschloss Silvia am Montagmorgen einen Umweg über den Supermarkt zu machen, um für die zwei Mahlzeiten einzukaufen. Sie hatte sich schon am Sonntag überlegt, was sich besonders gut zum Vorkochen eignete. Da ihre Mutter eine Mikrowelle besass, dauerte das Aufwärmen nur ein paar Minuten und brauchte auch kein zusätzliches Geschirr. Lediglich den Salat musste sie noch zubereiten und selbst da konnte Silvia schon Vorarbeit leisten. Mit den heutigen Frischhaltefolien war das überhaupt kein Problem mehr.

Sie erreichte sogar den gewohnten Bus, sodass ihr Vater nichts auszusetzen hatte. Der war heute ebenfalls gut gelaunt. Das Spielen mit den Kindern hatte ihm ausnehmend gut gefallen, obwohl er am Abend so müde war, dass er vor dem Fernseher einschlief. Seine fünfundsiebzig Jahre liessen sich nicht verleugnen.

Silvia stellte das Essen auf den Tisch und rief die Eltern. Sie wünschte guten Appetit und verabschiedete sich.

«Bis Mittwoch», sagte sie und wollte zur Tür hinaus.

«Du sollst deinen Vater und deine Mutter ehren, heisst es im fünften Gebot», konnte es sich ihr Vater doch nicht verkneifen, ihr einen Vorwurf zu machen.

«Aber Heinz, das tut sie doch», warf ihre Mutter ein.

Silvia beschloss, auf keine Diskussion einzugehen. Sie wollte sich auch die immer noch gute Laune nicht verderben lassen.

«Ich muss los, sonst verpasse ich den Bus. Tschüss», rief sie, drehte sich um und war weg.

Ihr Vater brummte etwas von undankbar, schwieg aber nachdem Erika ihm einen vorwurfvollen Blick zugeworfen hatte.

Beim Frühstück überlegte Schwester Hedwig, ob sie noch einen Umweg für Frau Schär und das Krankenhaus einplanen sollte. Dorothee musste doch heute wieder arbeiten.

Da klingelte das Telefon und die junge Frau erzählte Hedwig vom Tod des Vaters.

Die Schwester sprach ihr Beileid aus und fragte, ob sie etwas helfen könnte.

«Im Moment komme ich schon zurecht», sagte Dorothee tapfer.

«Ich mache mir mehr Sorgen um Mutter. Sie nimmt es sehr schwer. Aber diese Woche habe ich frei bekommen und nachher muss ich eben sehen, wie es weitergeht.»

Hedwig legte den Hörer auf und seufzte. Diese ersten Tage nach einem Todesfall waren jeweils so turbulent, dass die Leute gar nicht zum Nachdenken kamen. Aber dann, wenn es nach der Beerdigung still wurde, kam die Trauer.

Das würde Frau Schär gleich ergehen. Hedwig beschloss in einer Woche nochmals Hilfe anzubieten.

Natürlich nagte der Vorwurf an Silvia. Ihr Tag hatte so gut angefangen und jetzt hatte sie doch noch einen Dämpfer bekommen.

Nachdem sie den Bus gerade noch erwischt hatte, versank sie wieder in Gedanken.

Dass ihr Vater immer noch eine solche Macht über sie ausübte, verstand sie selbst nicht. Aus irgendeinem Grund hatte sie ihm gegenüber ein schlechtes Gewissen.

Das Gespräch am Freitag! Es hatte etwas mit ihr zu tun gehabt. Langsam tauchten Erinnerungsfetzen auf.

Ihre Mutter hatte von einer Schwangerschaft gesprochen. Einer unehelichen Schwangerschaft.

Aber Silvia hatte ihre beiden Knaben erst lange nach der Heirat bekommen.

Hypothetisch! Diesen Ausdruck hatte ihr Vater gebraucht. Silvia atmete auf. Sie hatten einfach eine Möglichkeit diskutiert. Sie war gar nicht betroffen.

Erleichtert nahm sie ihre Umgebung wieder wahr. Sie näherten sich schon dem Bahnhof, wo sie umsteigen musste. Schnell ging sie zum Ausgang.

Es wurde eine schwere Woche für Dorothee. Ihre Mutter war apathisch und beteiligte sich nicht an den Vorbereitungen. Ihre Standardantwort war «Mach einfach, es wird schon recht sein», wenn ihre Tochter sie um ihre Meinung fragte. Nicht einmal für die Blumen auf dem Kranz interessierte sich die leidenschaftliche Hobbygärtnerin.

Am Freitag fand die Beerdigung statt. Viele Nachbarn kamen und sogar einige alte Arbeitskollegen, welche die Anzeige in der Zeitung gelesen hatten, erschienen.

Auch Schwester Hedwig hatte sich den Termin freigehalten. Sie wollte sich in eine der hinteren Bänke setzen, aber Dorothee bat sie, zu ihr nach vorne zu kommen. Ausser zwei Cousinen war keine andere Verwandtschaft da, sodass es genug Platz hatte.

Hedwig merkte, dass die Kräfte der jungen Frau beinahe aufgebraucht waren. Kein Wunder, wenn sie alles alleine machen musste.

Dorothee lud die Schwester noch zum Imbiss ein, was diese leider ablehnen musste, da sie noch Patienten zu betreuen hatte. Erschöpft nickte jene.

«Soll ich später noch vorbeikommen», fragte Hedwig, die ihre Enttäuschung sah.

«Ja das wäre schön», schlich sich ein Lächeln auf Dorothees Gesicht.

Als die Schwester kurz vor sechs Uhr bei den Schärs klingelte, war die Verwandtschaft schon abgereist.

Vom Imbiss war noch Kuchen übrig, den Dorothee anbot. Von Frau Schär war nichts zu sehen.

«Sie hat sich hingelegt und schläft», erklärte ihre Tochter.

Während sie Kaffee tranken, erzählte sie, wie sich Marlene während der Woche verhalten hatte. Am Wochenende würde es noch gehen, aber was sollte Dorothee am Montag machen, wenn sie wieder arbeiten musste?

Sie hatte sich einen Plan zu Recht gelegt, dass sie am Morgen und am Abend im Hügeldorf vorbeikam, aber tagsüber blieb ihre Mutter allein.

Hedwig bot spontan an, in der Mittagspause kurz nachzusehen, was dankbar angenommen wurde.

Als die Schwester am Montagmittag das erste Mal eintraf, öffnete Frau Schär und ging gleich wieder ins Wohnzimmer, wo sie in ihren Sessel sank. Sie hatte sich kein Essen gekocht. Lediglich eine halbausgetrunkene Tasse Tee stand da. Das Gebräu war schon ganz kalt.

«Sie müssen doch etwas essen», sagte die Schwester.

«Hab keinen Hunger», erwiderte Marlene.

Hedwig ging in die Küche und suchte nach etwas, dass nahrhaft aber auch schnell zuzubereiten war. Sie fand eine Beutelsuppe, die sie kurz aufkochte.

Als sie den Teller mit der heissen Suppe vor Marlene hinstellte, sah diese beschämt auf.

«Das wäre wirklich nicht nötig gewesen», sagte sie leise. «Vielen Dank!»

Dann griff sie zum Löffel und begann ohne Appetit zu essen.

Hedwig blieb bis der Teller leer war.

«Ich muss leider wieder gehen», erklärte sie dann.

Marlene bedankte sich nochmals, machte jedoch keine Anstalten die Schwester zur Tür zu begleiten.

Diese verabschiedete sich und sagte, dass sie morgen wieder vorbeikommen werde.

Marlene nickte mechanisch, als ob sie das Gesagte gar nicht aufgenommen hätte.

Besorgt verliess Hedwig das Haus. Sie musste unbedingt mit Dorothee sprechen, denn Frau Schär litt an einer schweren Depression.

Als diese am Abend kam und den leeren Teller sah, war sie froh, dass ihre Mutter etwas gegessen hatte.

«Hast du dir nur eine Suppe gemacht?», erkundigte sich Dorothee.

«Weiss nicht», erwiderte Frau Schär.

«War Schwester Hedwig da?»

Frau Schär sann lange nach.

«Ich glaube», erwiderte sie endlich.

Ihre Tochter entschloss sich, telefonisch nachzufragen.
Als die Schwester ihr den Mittag schilderte, erschrak Dorothee.

«Mein Gott, ich wusste ja nicht, dass es so schlimm ist. Am Wochenende hat sie noch von Vater gesprochen, deshalb habe ich es nicht gemerkt.»

«Gehen Sie mit ihr zum Hausarzt. Der soll ihr etwas geben», schlug Hedwig vor.

Davon wollte ihre Mutter dann allerdings nichts wissen.

«Du kannst aber nicht den ganzen Tag im Sessel sitzen und vor dich hinstarren», warf ihr Dorothee vor.

Ihre Mutter nickte mechanisch. Dann erhob sie sich.

«Ich gehe schlafen, ich bin müde.»

Allein im Wohnzimmer. setzte sich Dorothee hin. Sie musste eine Lösung finden. Aber trotz langem Nachdenken fiel ihr nichts Brauchbares ein.

Um sich abzulenken. schaltete sie den Fernseher ein. Sie sah sich einen Film an, aber bekam nicht gerade viel von der Handlung mit.

Um zehn Uhr wollte sie auch zu Bett gehen. Vorher schaute sie ohne Licht zu machen ins Schlafzimmer der Eltern. Sie hörte ein Röcheln. Sie wollte schon die Türe wieder schliessen, als ihr einfiel, dass es nicht ihr Vater sein konnte. Die Laute mussten von der Mutter stammen.

Schnell machte sie Licht. Ihre Mutter hatte sich erbrochen. Sie atmete nur noch flach und reagierte nicht auf die helle Lampe. Jetzt sah Dorothee die leeren Verpackungen von Tabletten und das Glas. Die Schlaftabletten ihres Vaters. Ihre Mutter hatte, noch zwei Tage bevor er in die Klinik gekommen war, eine neue Packung gekauft.

Dorothee rannte zum Telefon und rief den Notarzt. Dieser gab ihr Anweisungen und versprach sofort zu kommen. Dann bot er die Ambulanz auf.

Ihre Mutter wurde ins Krankenhaus gefahren und man pumpte ihr den Magen aus, aber es war schon zu viel Zeit vergangen. Acht Tage nach dem Tod des Vaters verlor Dorothee auch die Mutter.

Vier Monate später war Silvia mit dem Umzug beschäftigt.

Iht Vater war seit sechs Wochen Witwer. Ihre Mutter hatte eine schwere Grippe bekommen, Sie war schon vorher geschwächt gewesen, weil sie seit längerer Zeit mit starkem Asthma gekämpft hatte. Silvia pflegte sie tagelang, bis man nicht mehr um einen Klinikaufenthalt herumkam, wo sie dann schliesslich starb.

Heinz Hefti hatte schon vor der Beerdigung gesagt, dass die Familie Trautmann nun ins Haus ziehen müsse. Er war sogar bereit das grosse Schlafzimmer herzugeben.

Jakob hatte sich dagegen gesträubt, aber die Knaben standen auf Grossvaters Seite. Sie würden eigene Zimmer haben und immer Fussball spielen können.

Schliesslich hatte Jakob nachgegeben. Von der Verwaltung erfuhren sie, dass eine Warteliste für Wohnungen in ihrer Überbauung bestand, sie also jederzeit ausziehen konnten.

Kleinere Sachen transportierten sie schon mal mit dem Auto, aber Bücher und Geschirr packte Silvia in Umzugskartons. Am Samstag kam der Möbelwagen und würde alles hinbringen.

Sie hatte gemischte Gefühle. Einerseits würde es für sie leichter werden. Jetzt hatte sie immer zwei Haushalte versorgen müssen. Andererseits wäre sie jetzt den ganzen Tag mit ihrem Vater zusammen. Davor fürchtete sie sich etwas.

Auch Dorothee hatte ihre kleine Wohnung aufgegeben. Als Einzelkind erbte sie das Haus.
 Obwohl kein Abschiedsbrief bestanden hatte, war Erika Schärs Selbstmord nicht angezweifelt worden.
 Natürlich machte sich Dorothee Vorwürfe, dass sie nicht auf die Idee gekommen war, dass ihre Mutter diesen Schritt tun könnte.
 Sie sprach auch mit Hedwig darüber, die versuchte, ihr die Schuldgefühle zu nehmen.
 Die Schwester war von der Hiobsbotschaft genauso überrascht worden. Trotz Marlenes Zustand hätte sie nicht gedacht, dass diese einen solchen Weg wählen würde.
 Die beiden Frauen hatten einen losen Kontakt aufrechterhalten, vor allem nachdem Dorothee wieder im Hügeldorf wohnte.
 Diese hatte alle Hände voll zu tun gehabt, Möbel, die doppelt waren, auszusortieren und zu verkaufen.
 Dann hatte sie angefangen, persönliche Sachen der Eltern, wie Kleider, zusammenzupacken und wegzugeben.
 Andere Dinge, Fotos zum Beispiel, verpackte sie in Kartons und stellte sie auf den Dachboden. Das konnte warten. Dafür wollte sie sich Zeit nehmen und mit ihren Erinnerungen die Trauer abschliessen.
 Endlich konnte sie umziehen und seit vier Wochen lebte sie nun wieder in ihrem «Kinderzimmer». Sie hatte es noch nicht übers Herz gebracht, das Elternschlafzimmer in Beschlag zu nehmen.

Nach der ganzen Hektik würde sie jetzt aber endlich die nötige Ruhe finden für ihre Trauerarbeit.

Da die Trautmanns bei ihrem Umzug nicht an ein Monatsende gebunden waren, hatten sie es so eingerichtet, dass die Aktion in die zweiwöchigen Schulferien der Knaben fiel. Nach den Ferien konnten diese dann zum ersten Mal im Dorf am Bach die Schule besuchen.

Die Nachmieter der alten Wohnung würden erst in zehn Tagen einziehen, sodass Silvia viel Zeit hatte, um zu putzen. Als letztes hatte sie sich die Fenster vorgenommen. Sie wartete einen Tag mit etwas schönerem Wetter ab und fuhr in die Kleinstadt. Sie wurde etwas schneller fertig, als sie geplant hatte, weshalb sie noch beschloss im grossen Supermarkt einzukaufen.

Mit zwei schweren Taschen beladen, schleppte sie sich zum Busbahnhof. Dort setzte sie sich erstmal auf eine Bank. Ein Blick zur Uhr belehrte sie, dass Jakob mit dem übernächsten Bus nach Hause kommen würde. Sie beschloss auf ihn zu warten.

Eine Frau neben ihr verwickelte sie in ein Gespräch.

«Schlimm, was da immer zusammenkommt», sagte sie und deutete auf die vollen Einkaufstaschen.

«Ja, vor allem, wenn man Lebensmittel für fünf Personen braucht.»

«Da haben Sie aber eine grosse Familie. Wäre es nicht besser mit einem dieser Einkaufsrolli?»

Silvia war noch nicht auf diese Idee gekommen.

«Doch, da haben Sie recht, daran habe ich noch gar nicht gedacht», erwiderte sie etwas überrascht.

«Wissen Sie, wir sind gerade erst von hier ins Dorf

am Bach umgezogen. Ich muss mich erst noch daran gewöhnen, «auswärts» einzukaufen.»

In diesem Moment sah sie Jakob aus der Unterführung auftauchen und rief ihn.

«Silvia! Was machst du denn hier?»

«Einkaufen, siehst du ja. Und die Fenster habe ich noch geputzt, da bin ich jetzt fertig.»

«Toll! Warte ich helfe dir», bot Jakob an und trug die Taschen zum Bus.

Da schon der erste Feierabendverkehr einsetzte, fiel den beiden nicht auf, dass sich eine ältere Frau in Schwesterntracht zu den Wartenden gesellte.

Hedwig hatte ausnahmsweise heute keinen Nachmittagspatienten gehabt und beschlossen einen Bummel in die Kleinstadt zu machen. Dabei entschied sie sich spontan für diejenige, welche die beiden Dörfer verband, weil sie sich in dieser eher selten aufhielt. Sie wollte sich einmal selbst davon überzeugen, wie es jetzt dort mit den vielen Neubauten im Zentrum aussah.

Nach dem Spaziergang und einem Kaffee schlenderte sie zum Bahnhof, wo sie gerade zusehen konnte, wie ihr Bus wegfuhr.

Kein Problem. In einer Viertelstunde fuhr der nächste. Sie setzte sich auf eine Bank und beobachtete die Leute.

Eine Frau mühte sich mit zwei prall gefüllten Einkaufstaschen ab. Irgendwie kam sie Hedwig bekannt vor. Sie suchte in Gedanken ihre Patientenkartei durch, ohne fündig zu werden.

Die Frau hatte sich inzwischen auf die Nachbarbank

gesetzt und wurde in ein Gespräch verwickelt, das Hedwig mühelos verfolgen konnte.

Also, in der Kleinstadt hatte die Frau bis jetzt gewohnt, das erklärte, warum sie nicht zu Hedwigs Patientenfamilien gehörte.

«Silvia!»

Die Schwester hörte den Namen und plötzlich machte es klick. Silvia Hefti, Dorothees leibliche Mutter. So ein Zufall. Das gab es doch gar nicht. Jetzt fiel ihr auch die Ähnlichkeit zwischen Mutter und Tochter auf.

Das Ehepaar, Hedwig nahm einfach an, dass es sich bei Jakob um Silvias Mann handelte, stand bei der Buslinie, die zum Dorf am Bach führte, an.

Spontan trat die Schwester hinzu. Sie wollte wissen, wo die Frau wohnte.

Sie löste eine Fahrkarte und setzte sich zwei Reihen hinter die beiden, die sie überhaupt nicht beachteten.

Im Dorf am Bach stieg sie hinter ihnen aus. Das fiel nicht auf, da noch einige andere Leute den Bus verliessen.

Das Ehepaar, in ein Gespräch vertieft, schlug den Weg in ein älteres Einfamilienhausquartier ein. Hedwig blieb etwas zurück, da sich auch die übrigen Heimkehrer verliefen.

Trotzdem sah sie, welches Haus die beiden betraten, wo sie von zwei herumtobenden Knaben begrüsst wurden.

Treib es nicht auf die Spitze, sagte sich Hedwig und kehrte um. Sie würde einmal ohne Schwesterntracht durch die Strasse gehen und zufällig das Namensschild lesen.

Irgendwie wollte sie nicht von Silvia erkannt werden.

Dorothee kämpfte sich durch die Schachteln auf dem Dachboden. Welche Erinnerungen da aufkamen. Sie hatte eigentlich ausmisten wollen, aber jetzt reute es sie. So packte sie das meiste, manchmal unter Tränen, wieder ein.

Trotzdem merkte sie, wie der Schmerz und die Trauer langsam anderen Gefühlen Platz machte.

Dankbarkeit, dass sie hier aufwachsen durfte. Dorothee wusste seit ihrem siebten Lebensjahr, dass sie adoptiert war. Das hatte sie nie gestört, im Gegenteil. Marlene hatte ihr erklärt, dass sie nur sie und kein anderes Kind gewollt hätten.

Andere Mütter mussten die Kinder nehmen, die sie geboren hatten, aber Dorothee war ausgewählt worden.

Sie hatte sich nie andere Eltern gewünscht und sie innig geliebt.

Trotzdem dachte sie manchmal an ihre leibliche Mutter. Einfach aus Neugier. Warum hatte sie ihr Baby weggegeben?

Als sie einmal schüchtern nach der anderen Mutter gefragt hatte, erklärte ihr Marlene, sie wisse nichts über sie. Dorothee hatte gespürte, dass das stimmte.

Sie hatte aber auch bemerkt, dass es Marlene weh tat, dass sie sich für die andere Frau interessierte und das Thema nie mehr angesprochen.

Jetzt kamen diese Fragen wieder hoch. Je mehr sie sich von den Eltern löste, desto mehr wollte sie über ihre wahre Herkunft wissen.

Nur wen sie fragen konnte, wusste sie nicht.

Inzwischen lebte sich Silvia im alten Elternhaus wieder ein. Ihr Vater hielt seine Kritik zurück, um Zusammenstösse mit Jakob zu vermeiden.

Ausserdem hatte er durch die Knaben Ablenkung. Diese nahmen ihren Opa mit Bastelarbeiten in Beschlag. Sie hatten sich in der Schule gut eingelebt und neue Freunde gefunden.

Auch Jakob hatte sich mit der Situation arrangiert. Er ging höflich mit seinem Schwiegervater um, aber er nannte ihn beim Vornamen und Silvia wusste, dass nie ein herzliches Verhältnis zwischen den beiden bestehen würde. Respekt aber keine innige Wärme.

Trotzdem war sie mit der Situation zufrieden. Nur manchmal beschlich sie ein komisches Gefühl der Bedrohung. Als ob sie es nicht verdient hätte, glücklich zu sein.

Als sie umzogen, wurden ein paar Kisten vorläufig in einer Ecke im Flur abgestellt. Es waren Ramschschachteln. Sachen, die man nicht brauchte, aber auch nicht wegwerfen mochte. Diese wollte sie nun auf dem Dachboden verstauen.

Doch dort musste sie zuerst Platz schaffen. Deshalb wollte sie nachschauen, was ihre Eltern da aufbewahrten. Sie öffnete einige Kartons, konnte sich aber nicht entschliessen etwas wegzuwerfen. So schichtete sie sie einfach platzsparender um.

Als sie zum nächsten griff, kamen alte Kinderbücher und Fotoalben zum Vorschein. Silvia setzte sich hin und blätterte darin.

Am Schluss fand sie drei nicht eingeklebte Bilder, die sie selbst noch in jungen Jahren in einem Dorf in den

Bergen zeigten. Mein Gott, dachte sie, war ich so ein dickes Mädchen. Wo war sie da überhaupt? Weshalb waren ihre Eltern nicht abgebildet?

Die meisten Ferien hatte die Familie zu Hause verbracht. Man hatte Tagesausflüge unternommen oder war schwimmen gegangen. Ein paar Mal war man in eine Pension nach Italien an die Adria gefahren. Reisen im eigentlichen Sinn, in denen man jeden Tag an einem anderen Ort schlief, hatte sie nie gemacht. Sogar die Hochzeitsreise wurde nie durchgeführt.

Wenn Urlaubsfotos gemacht wurden, hielt ihr Vater die Kamera, da er behauptete ihre Mutter könne keine guten Bilder schiessen. Entweder waren sie unscharf oder die Köpfe oder Füsse abgeschnitten.

So hatte er seine beiden Frauen jeweils angewiesen, sich nebeneinander zu stellen und dann hatte er abgedrückt. Alle Fotos sahen, abgesehen von Kleidung und eventuell Hintergrund gleich aus.

Doch diese Fotos hatte bestimmt nicht ihr Vater gemacht. Plötzlich tauchte eine schwache Erinnerung auf. Sie hatte ein Haushaltjahr im Bündnerland gemacht. War es Davos oder Arosa? Jedenfalls so ein bekannter Skiort. Sie war zwar nicht Skigelaufen, daran erinnerte sie sich genau. Sie wusste auch nicht mehr in welcher Jahreszeit sie dort gewesen war. Auf den Fotos war kein Schnee zu sehen, obwohl sie warm angezogen war.

Silvia legte die Bilder in die Schachtel zurück. Sie durchwühlte die anderen Fotos und Alben, fand aber keines mehr aus dieser Zeit.

«Hier bist du», sagte Johannes, der gerade so weit heraufgestiegen war, dass er in den Dachraum sehen konnte.

«Wir haben Hunger.»
Ein Blick auf die Uhr belehrte Silvia, dass es schon nach sechs war. Schnell packte sie die Fotos weg und stieg hinunter.

An einem Samstag rief Dorothee Hedwig an und lud sie zu Kaffee und Kuchen am Sonntagnachmittag ein.

Dorothee hatte in der Küche ein altes Buch mit Backrezepten ihrer Mutter gefunden. Sie sah genau, welche diese geliebt hatte. Dort waren immer noch handschriftliche Anmerkungen hingeschrieben worden.

Sie wollte alle einmal ausführen, aber es waren Portionen für normalgrosse Formen. Bis sie einen solchen Kuchen allein aufgegessen hätte, wäre er nur noch staubtrocken. Sie brauchte jemand, der mitass und wollte mit Hedwig anfangen.

Die Sonne schien. Dorothee deckte deshalb auf der Veranda. Sie füllte eine Thermoskanne mit Kaffee und stellte sie gerade hin, als Schwester Hedwig durchs Gartentor kam.

Zuerst wurde allgemeine Konversation gemacht. Der Gast lobte den Kuchen, Dorothee erzählte von den Rezepten.

Von da kam sie auf ihre Aufräumtätigkeit. Hedwig merkte, dass die junge Frau etwas auf dem Herzen hatte. Sie wollte aber nicht neugierig erscheinen.

So unterhielt man sich noch eine Stunde und als die Schwester erklärte, dass sie platzte, wenn sie noch einen Schluck oder ein Krümel zu sich nehmen würde, beschloss Dorothee den Tisch abzuräumen. Hedwig half ihr.

Dabei kam sie durchs Wohnzimmer, in dem auch Fotos von Dorothee und ihren Eltern standen. Unwillkürlich trat die Schwester hinzu und betrachtete sie.

«Viele finden, dass ich meiner Mutter ähnlich sehe», sagte Dorothee und nahm ein Foto, dass sie beide zeigte, zur Hand.

Hedwig betrachtete das Bild. Tatsächlich konnte man eine gewisse Ähnlichkeit feststellen. Diese ging aber mehr vom Gesichtsausdruck als von der Physiognomie aus. Die Art wie sie die Köpfe hielten, sodass sich eine Symmetrie im Bildaufbau ergab, unterstrich die vermeintliche Gleichheit. Hedwig deckte unwillkürlich eine Seite des Bildes ab und jetzt war deutlich Frau Schär zu sehen. Ebenso Dorothee, wenn man die andere Seite abdeckte.

Hedwig dachte an die Frau am Busbahnhof. Diese hatte sie an Dorothee erinnert, das erkannte die Schwester jetzt. Sie war zwei Tage später nach Feierabend nochmals ins Bachdorf gefahren und hatte das Namensschild im Vorbeigehen gelesen. Hefti & Trautmann. Doch eigentlich hatte sie die Bestätigung nicht mehr gebraucht.

«Wissen Sie, dass ich adoptiert bin», fragte Dorothee.

Hedwig konnte gerade noch ein Nicken zurückhalten.

«Tatsächlich», sagte sie mit Unschuldsmiene.

Jetzt brach es aus der jungen Frau heraus. Dass sie Schuldgefühle hatte, weil sie, so kurz nach dem Tod der Eltern, dauernd an die andere Mutter denken musste. Dabei liebte sie die Eltern und wollte auch nicht undankbar erscheinen.

Tränen liefen ihr über die Wangen. Hedwig nahm sie in die Arme.

«Das ist doch normal, dass man wissen will, woher man kommt», tröstete sie.

«Ausserdem hat sich das wahrscheinlich schon lange aufgestaut. Jetzt ist der Weg offen», erklärte sie.

«Sie müssen nur wissen, ob Sie das tatsächlich wollen», setzte sie nach einer kurzen Pause hinzu.

«Das ist es ja», bestätigte Dorothee.

«Ich weiss doch gar nichts über diese Frau. Auch nicht, wie sie heute lebt. Vielleicht zerstöre ich eine Familie, wenn ich da hineinplatze.»

Hedwig hätte wieder beinahe zugestimmt. Sie konnte es gerade noch als Vermutung abtun.

«Überlegen Sie es sich gut», sagte sie dann.

«Versprechen Sie mir, es mir mitzuteilen, wenn sie zu einer Entscheidung gekommen sind», bat sie. Da das selbst für sie etwas komisch klang, versuchte sie eine Erklärung.

«Ich glaube, sie sollten in diesem Fall nicht alleine vorgehen. Sie brauchen da jemand zum Reden. Mit mir können Sie jederzeit alles besprechen.»

Dorothee versprach es und Hedwig verabschiedete sich mit einem schlechten Gewissen.

Da habe ich in ein richtiges Wespennest gestochen, dachte sie. Oder waren es sogar Hornissen?

Einen Monat später besuchte Dorothee eines Abends Schwester Hedwig.

«Ich will nicht lange stören, aber ich glaube, dass ich nach meiner Mutter suchen werde», erklärte die junge Frau noch im Flur.

«Ich will sie nicht unbedingt treffen, einfach wissen, wo und wie sie lebt.»

Die Schwester war nicht wirklich überrascht. Sie hatte es kommen sehen. Deshalb hatte sie sich auch überlegt, was und vor allem, wie sie helfen konnte.

«Setzen Sie sich», bat sie Dorothee ins Wohnzimmer.

«Ich muss Ihnen ein Geständnis machen.»

Hedwig erzählte von ihrer damaligen Arbeit in der Säuglingsabteilung. Wie sich Dorothees Mutter um das Baby gekümmert hatte. Dabei rutschte ihr einmal der Name Silvia heraus.

Die Schwester gestand auch, wie sie selbst an dem Kind gehangen hatte, das sie dann so unverhofft im Dorf wiedergetroffen hatte. Dass sie sich selbst wie eine heimliche Mutter fühlte und deshalb so grossen Anteil an Dorothee nahm.

Diese bekam immer grössere Augen, als sie die unwahrscheinliche Geschichte hörte. Verwundert darüber, was sich, von ihr unbemerkt, in nächster Umgebung abgespielt hatte, schaute sie Hedwig an.

Die Schwester hatte plötzlich Angst, Dorothees Gefühle überfordert zu haben.

«Ich erzähle Ihnen das, weil ich durch Zufall weiss, wo ihre Mutter lebt», versuchte Hedwig ihre Erzählung zu erklären.

«Sie hat Familie, einen Mann und zwei Söhne. Mehr möchte ich Ihnen im Moment nicht verraten. Aber ich mache Ihnen einen Vorschlag. Wenn Sie die Frau wirklich treffen wollen, werde ich vorher mit ihr reden und herausfinden, wie sie darüber denkt. Vielleicht möchte ihre Mutter Sie zuerst irgendwo alleine treffen, bevor sie die Familie informiert. Ich kann das arrangieren.»

Noch immer ganz erschlagen durch die vielen Neuigkeiten, nickte Dorothee.

«Ich werde darüber nachdenken», sagte sie endlich, stand auf und verliess mit kurzem Gruss die Wohnung.

Silvia hatte es aufgegeben in den alten Sachen zu wühlen. Das brachte zu viele Erinnerungen an ihre Jungendjahre. Davor scheute sie aus unerklärlichen Gründen zurück. So stapelte sie einfach alles aufeinander.

Ausserdem hatte sie, nachdem sie jetzt fertig eingerichtet war, genug mit dem grossen Haus zu tun.

Ihr Vater arbeitete oft im Garten und auch die Jungen brachten Schmutz vom Spielen herein. Das Bad wurde nun von vier «Männern» benutzt und musste jeden Vormittag total geputzt werden.

Sie kochte jetzt zweimal, da ihr Vater auf einem warmen Mittagessen bestand. Da er sich sonst nicht in ihre Haushaltsführung einmischte, tat sie ihm den Gefallen.

Zum Einkaufen fuhr sie immer zum grossen Supermarkt in die Kleinstadt, was ebenfalls Zeit benötigte. Sie hatte sich tatsächlich einen Einkaufsrolli zugelegt, musste aber trotzdem noch eine Einkaufstasche mitschleppen.

Abends sank sie meistens todmüde in einen Sessel und schlief nicht selten vor dem Fernseher ein.

Das Ganze hatte auch etwas Gutes. Sie hatte keine Zeit über irgendwelche Probleme nachzudenken. Die Müdigkeit war nicht, wie früher, depressiver Natur, sondern basierte auf körperlicher Anstrengung.

Sie hätte froh sein müssen, dass sich das Familienleben entgegen den Befürchtungen, doch recht harmonisch abspielte. Aber manchmal beschlich sie ein Gefühl der Bedrohung. Sie war skeptisch, ob sie so viel Glück überhaupt verdient hatte und wie lange das dauern würde.

Vier Wochen hörte Hedwig nichts von Dorothee. Da die Schwester Angst hatte, dass sie mit dem Geständnis ihrer «Muttergefühle» die junge Frau überfordert hatte, getraute sie sich nicht den Kontakt aufzunehmen. Es war an Dorothee den nächsten Schritt zu tun.

Diese rief sie eines Abends an.

«Wohnt meine Mutter weit weg von hier?», wollte sie wissen.

«Eigentlich nicht», antwortete Hedwig.

«Man muss nur einmal umsteigen, dann ist man in dem Dorf.»

Dorothee schwieg einen Moment, dann gab sie sich einen Ruck.

«Gut, sprechen Sie mit ihr», bat sie.

«Fragen Sie sie, ob sie mich sehen will, doch wenn es nicht geht, akzeptiere ich das auch.»

Wieder schwieg Dorothee einen Augenblick.

«Bitte, sagen Sie ihr aber dann, wo ich bin, falls sie es sich später noch anders überlegt», fügte sie leise hinzu.

Hedwig versprach so schnell wie möglich zu handeln.

Teil 2

Gegenwart

Andreas Beckmann joggte jeden Abend vom Hügeldorf am Waldrand entlang, bog dann Richtung Bach ab und kehrte über einen Feldweg ins Dorf zurück. Er kannte die Strecke so gut, dass er sie bei totaler Finsternis, ohne zu strauchln, hätte laufen können.

Heute Montag hatte es ein Gewitter gegeben und weil er nicht gerne bei Blitz und Donner unterwegs war, hatte er zwei Stunden zugewartet. Langsam liess der Regen nach, aber Regen störte ihn sowieso nicht. Er hatte sich wasserdichte Kleidung zugelegt, weil er wirklich jeden Tag seine Runde drehen wollte.

So beschloss er loszulaufen. Es würde sicher schon dämmern, bis er nach Hause käme. Nach diesem Wolkenbruch erwartete er, niemandem auf seinem Weg zu begegnen und tatsächlich erreichte er den Waldrand, ohne jemanden gesehen zu haben.

Die Luft war kühl und frisch gereinigt und machte das Atmen zur Freude. An der Abzweigung hielt er kurz inne und machte ein paar Dehnübungen. Der Regen hatte inzwischen ganz aufgehört und zwischen den Wolken blinzelten tatsächlich ein paar letzte Sonnenstrahlen.

Er wandte sich dem Bach zu, hielt aber nach ein paar Schritten inne. Es war so schön, er könnte doch noch bis zum nächsten Weg laufen.

Also kehrte er zum Waldrand zurück und folgte diesem. Da vorne hatte es nur Felder und manchmal sah man dort Rehe.

Nach etwa hundert Meter gab es eine Ausbuchtung im Gebüsch, das den Wald säumte. Dort stand zurückversetzt eine Bank, die man nur sah, wenn man direkt davorstand.

Da Beckmann sich nicht hinsetzen wollte, beachtete er diese nicht, sondern richtete seine Aufmerksamkeit auf die Wiesen und Felder. Er war schon beinahe vorbei, als er aus den Augenwinkeln etwas auf der Bank sah.

Er drehte den Kopf und blieb abrupt stehen. Dort lag eine in unnatürlicher Stellung zusammengesackte Frau. Beckmann trat näher und sprach sie an. Sie reagierte nicht.

Es war eine ältere Frau in Schwesterntracht. Der Stoff war tropfnass vom Regen und deshalb erkannte Andreas zuerst nicht, dass die roten Streifen verwaschenes Blut waren. Er ging in die Hocke und starrte direkt in ihre toten Augen.

Vor Schreck machte er einen Satz rückwärts. Dann griff er zum Handy und rief die Notrufnummer der Polizei an.

Zwischen Silvia und ihrem Vater hatte es Streit gegeben. Das war nicht oft vorgekommen, seit die Familie hier wohnte. Trotzdem ärgerte es Silvia.

Anlass war, dass sie sich nach einem Zahnarztbesuch verspätet hatte. Sie dachte, wenn sie sich schon für einen Nachmittag «frei» nahm, könnte sie nach dem Termin noch einen Schaufensterbummel machen.

Allerdings war das von ihrem Zustand nach der Behandlung abhängig. Mit dicker Backe nach einer Spritze und womöglich doch noch Schmerzen, würde sie am liebsten direkt nach Hause fahren und sich hinlegen.

Deshalb war sie ausnahmsweise mit dem Auto unterwegs. Sie hatte es nicht für nötig gefunden, irgendjemanden über diesen Entschluss zu informieren. Jakob brauchte den Wagen nicht und er wäre der letzte, der ihr die Benutzung untersagt hätte.

Nun hatte ihr Vater, ohne ihr Wissen, mit den Enkeln abgemacht, dass man zum See fahren würde. Die Autoschlüssel lagen normalerweise auf der Kommode im Flur. Deshalb kam es ihm nicht in den Sinn, vorher zu fragen.

Er hatte sich zu seinem Mittagsschlaf hingelegt, als Silvia losfuhr und deshalb nichts bemerkt. Als dann die Enkel aus der Schule kamen, fand er weder Schlüssel noch Wagen vor. Die Jungen waren enttäuscht und er wütend.

Dass er ohne Auto dastand, war ihm noch nie passiert. Erika hatte keinen Führerschein gehabt. Das war in seinen Augen sowieso nichts für Frauen. Die gehörten an den Herd, nicht hinters Steuer.

Für ihn war es ein ungeheuerlicher Affront, dass seine Tochter ihm nun das Auto «gestohlen» hatte. Er sah nach und entdeckte den Zettel auf dem sie den Termin um vierzehnuhrdreissig vermerkt hatte. Nach seinen Berechnungen musste sie jeden Moment zurück sein. Doch die Zeit verging ohne Silvias Rückkehr.

Dann zog auch noch das Gewitter auf. Anstatt froh zu sein, bei diesem Unwetter nicht mit den Enkeln irgendwo draussen zu sein, trauerte er dem verpassten, sonnigen Nachmittag nach.

Die Jungen hatten sich schon lange in ihren Zimmern verkrochen und machten Hausaufgaben.

Als Silvia um sechs Uhr in die Garage fuhr, war seine Stimmung auf dem Nullpunkt.

«Wo warst du», blaffte er sie an.

Silvia wusste, dass sie spät dran war, aber über den «Diebstahl» war sie nicht informiert.

«Ich mach uns schnell was Kaltes», entschuldigte sie sich.

«Es geht nicht ums Essen», polterte er los.

«Wieso nimmst du den Wagen?»

In diesem Moment kam Jakob, der sich ebenfalls verspätet hatte, zur Tür herein.

Er sah seinen Schwiegervater mit rotem Kopf und Silvia, die sich in ein unsichtbares Schneckenhaus zurückziehen wollte.

Also war es soweit! Jakob hatte sich schon gewundert, wie lange es gut gegangen war.

«Was ist hier los?», rief er mit lauter Stimme.

Die Zwei fuhren herum, denn niemand hatte seinen Eintritt bemerkt.

«Tut mir leid, ich habe mich verspätet» und «Sie hat einfach den Wagen genommen», riefen beide gleichzeitig.

«Stopp. Du zuerst», deutete Jakob auf Silvia.

«Tut mir leid, ich habe mich verspätet», wiederholte Silvia.

Jetzt bemerkte Jakob, dass seine Frau nasse Haare und Kleider hatte. Sie sah seinen Blick.

«Ich bin ins Gewitter gekommen», erklärte sie.

Jakob nickte.

«Stell dich unter die Dusche, bevor du dich erkältest», schlug er vor.

Froh aus dem Weg zu sein, schlüpfte seine Frau an ihm vorbei die Treppe hinauf.

Das ärgerte Heinz Hefti.

«Das hätte Erika mal machen müssen», schimpfte er.

Jakob beschloss, sich nicht provozieren zu lassen.

«Erstens ist Silvia nicht deine Frau, sondern meine. Zweitens finde ich es kein Drama, wenn wir mal eine halbe Stunde später essen. Bis dahin wirst du nicht verhungern.

Ich bin auch nicht pünktlich gewesen. Wegen dem Gewitter gab es Verspätungen», versuchte er seinen Schwiegervater zu beruhigen.

«Ha, das ist es ja! Deine Frau war mit dem Auto unterwegs», triumphierte dieser.

«Na und?», erwiderte Jakob erstaunt.

«Ich hätte den Wagen gebraucht. Du hast gesagt, ich kann ihn haben, als ich mein Auto verkauft habe und jetzt war er nicht da!»

Jakob wollte schon fragen, wofür, beschloss aber, es lieber nicht wissen zu wollen.

«Hast du Silvia gesagt, wann du den Wagen brauchst?», erkundigte er sich stattdessen.

Seinem Schwiegervater blieb die Luft weg.

«Ach so ist das», japste er endlich.

«Ich muss also meine TOCHTER bitten, dass ich mit dem Auto fahren kann.»

Jakob gab auf. Es hatte keinen Zweck. Heinz hatte sich in eine solche Stimmung hinein gesteigert, dass er keinem vernünftigen Argument mehr zugänglich war.

«In Zukunft werde ich die Schlüssel verwalten und ihr», er sprach bewusst in Mehrzahl, «könnt sie bei mir abholen, wenn ihr sie braucht.»

Sprach das Machtwort, drehte sich um und ging ebenfalls nach oben.

Silvia sass frisch geduscht auf dem Bett. Um die Haare hatte sie sich ein Handtuch gewickelt, da sie diese nicht gerne föhnte.

«Tut mir leid», entschuldigte sie sich, als Jakob hereinkam.

«Kein Problem», beschwichtigte ihr Mann.

«Vater ist wütend, weil du den Wagen genommen hast», setzte er hinzu.

Silvia sah ihn erstaunt an.

«Ehrlich, ich wusste nicht, dass er ihn brauchte. Wofür denn?»

«Keine Ahnung. Ich habe lieber nicht gefragt.»

«Ich wollte noch durch die Fussgängerzone bummeln», begann seine Frau zu erzählen.

«Ich habe das Auto auf dem grossen Platz abgestellt. Du weisst ja, dass ich nicht gerne in die engen Parkgaragen fahre. Plötzlich ging das Gewitter los. Ich habe in einem Kaffee gewartet, aber der Regen hat nicht aufgehört und einen Schirm hatte ich auch nicht dabei. Schliesslich bin ich doch losgerannt.»

Sie fing an zu weinen.

Jakob nahm sie in die Arme.

«Alles in Ordnung. Ich nehme die Autoschlüssel in Zukunft ins Schlafzimmer. Vater muss fragen, wenn er sie haben will. Du theoretisch auch, aber wenn sie da sind, nimm sie einfach.»

Silvia lächelte ihn dankbar an.

«So und jetzt koch etwas, damit der alte Mann uns nicht vorwerfen kann, wir würden ihn verhungern lassen.»

Silvia stand schnell auf.

An der Türe drehte sie sich nochmals um.

«Ich liebe dich!», sagte sie und war weg.

Jakob war zu verblüfft, um ihr eine Antwort auf das seltene Geständnis zu geben.

Ein verrückter Tag, dachte er. Es musste an dem Gewitter liegen.

Polizeiwachtmeister Jörg Bachmann von der Kantonspolizei wurde aufgeboten und fand nach einigem Suchen den Weg zu der versteckten Bank. Beckmann hatte sich so auf dem Weg postiert, dass er die Leiche nicht sehen konnte. Als er das Polizeiauto bemerkte, winkte er heftig.

«Endlich», sagte er mit grüssendem Nicken.

«Das hat ja ewig gedauert.»

Bachmann stieg aus und brummte etwas, das wie bin nicht von hier klang. Dann sah er sich um.

«Wo ist denn die Tote?»

Beckmann zeigte um die Ecke des Gebüsches.

«Dahinter auf der Bank.»

Bachmann schaute kurz in sein bleiches Gesicht.

«Warten Sie hier», wies er ihn an.

Als er die Ecke erreichte, wusste er gleich, dass es ein Fall für die Mordkommission war. Er rief in der Zentrale an und meldete es.

Dann kehrte er zu dem Jogger zurück.

«Haben Sie etwas angefasst?»

Beckmann wehrte ab.

«Ich habe sie angesprochen und sie hat nicht geantwortet. Dann ging ich in die Knie und sah die Augen. Ich bin vor Schreck auf den Weg zurückgesprungen. Ich habe noch nie eine Leiche gesehen.»

«Kennen Sie die Tote?»

Beckmann schüttelte den Kopf.

Bachmann nahm seine Personalien auf. Andreas Beckmann stand inzwischen schlotternd da.

«Brauchen Sie mich noch?»

«Wollen Sie tatsächlich noch joggen?», erkundigte sich Bachmann mit einem Blick zum sich verdunkelnden Himmel.

Beckmann zuckte mit den Schultern. Bachmann bot an, ihn nach Hause zu fahren, allerdings erst nachdem die Kollegen eingetroffen wären. Die Leiche konnte nicht alleingelassen werden. Aber Andreas konnte sich solange ins Auto setzen, da war es wenigstens windgeschützt.

Im Bachdorf verzogen sich die Jungen nach einem unharmonisch verlaufenen Abendessen in ihre Zimmer. Heinz Hefti setzte sich vor den Fernseher und verfolgte die Nachrichten. Jakob hatte keine Lust, seinem Schwiegervater Gesellschaft zu leisten. Also schnappte er sich die Zeitung und verschwand auf der Veranda.

Dort fand ihn Silvia, nachdem sie die Küche aufgeräumt hatte, und setzte sich mit einer Tasse Tee zu ihm.

«Das wird morgen ein schwerer Tag», begann sie, nachdem sie einen Schluck getrunken hatte.

Jakob liess die Zeitung sinken.

«Bereust du, dass wir hergezogen sind?»

Silvia zuckte die Schultern.

«Ich habe einfach manchmal Angst, dass ich dich oder die Jungen verlieren könnte», meinte sie schliesslich.

«Für die Knaben kann ich nicht sprechen. Die werden grösser und einmal eigene Familien haben. Aber ich glaube nicht, dass sie deshalb den Kontakt abbrechen werden», beruhigte sie Jakob.

«Und du?»

«Wieso sollte ich weggehen?», fragte Jakob verwundert.

«Es gibt so vieles, an dem eine Familie zerbrechen kann», wandte Silvia ein.

«Vielleicht tut es dir eines Tages leid, dass du mich geheiratet hast.»

Jakob schob es auf seinen Schwiegervater, dass Silvia so düstere Gedanken hatte.

«Nun lass dich von Heinz nicht ins Bockshorn jagen», lachte er.

«Der alte Mann beruhigt sich schon wieder.»

Silvia wischte sich verstohlen eine Träne weg.

«Du hast gut reden, du musst ja nicht den ganzen Tag mit ihm verbringen.»

Jakob sah sie an.

«Ist es wirklich so schlimm?»

Silvia wirkte unschlüssig. Sie trank den Tee aus und erhob sich.

«Es wird schon gehen», sagte sie und trug die leere Tasse in die Küche.

Jakob wartete noch ein paar Minuten, aber sie kam nicht wieder.

Dann hörte er ihre Stimme aus dem oberen Stockwerk.

Gut, dachte er. Sie bringt die Jungen ins Bett.

Polizeileutnant Bruno Hunziker von der Kriminalpolizei hatte schon mehrmals in der Gegend zu tun gehabt. Trotzdem wusste er, dass sie den Weg nicht finden würden. Er fuhr im Wagen seines Kollegen Polizeiwachtmeister Reto Küenzler mit. Dieser hatte zwar das Navigationsgerät eingeschaltet, aber eine Adresse im eigentlichen Sinn gab es nicht.

Als sie das Hügeldorf erreichten, rief Hunziker deshalb Bachmann an und liess sich lotsen. So kamen sie auf Anhieb am Waldrand an. Dort orientierten sie sich an den Polizeifahrzeugen, die inzwischen eingetroffen waren.

Als Bachmann das Zivilfahrzeug sah, kam er auf sie zu. Es gab eine kameradschaftliche Begrüssung, da man schon mehrere Fälle zusammen gelöst hatte.

«Was hast du diesmal für uns?», erkundigte sich Hunziker.

«Eine ältere Frau in Schwesterntracht. Wahrscheinlich erstochen, meint der Arzt. Es gab ein Gewitter und ihre Kleidung ist total durchnässt. Es muss also vorher passiert sein.»

«Weiss man, wer sie ist?», fragte Küenzler.

Bachmann zuckte die Schultern.

«Wir haben keine Papiere gefunden. Überhaupt keine Handtasche.»

«Raubmord?», folgerte Küenzler.

Bachmann zuckte die Schultern.

«Man kann sich natürlich täuschen, aber es sieht nicht so aus, als ob die Frau Reichtümer mit sich herumgetragen hätte. Wir haben keinen Schmuck gefunden und zumindest Ringe müssten sich doch an den Fingern abgezeichnet haben. Da ist jedoch nichts. Ausserdem hat sie noch eine Uhr am Handgelenk. Nichts wertvolles, aber sie ist noch da.»

«Aber die Schwesterntracht ist doch echt?», schaltete sich Hunziker wieder ein.

Bachmann nickte.

«Wir können in den Krankenhäusern der beiden Kleinstädte nachfragen», bestätigte er.

«Allerdings könnte sie auch eine private Pflegerin gewesen sein. Dann wird es aufwändiger.»

Die drei Polizisten waren inzwischen vor der Bank angelangt.

Die Tote lag jetzt auf einer Plane am Boden ausgestreckt. Lediglich ein Schal hing noch über die Rückenlehne der Bank.

Der Arzt versuchte durch die Kleidung hindurch die Todesursache zu finden.

«Wegen dem Regen ist alles voll Blut. Das hat sich durch das Wasser über die ganze Kleidung ausgebreitet», erklärte er ihnen.

«Ich kann nicht erkennen, wie viele es sind, sie ist jedoch an Stichverletzungen gestorben. Mehreren! Welche tödlich war und in welcher Reihenfolge sie ihr zugefügt wurden, kann ich erst nach der Obduktion sagen.»

«Du meinst, der letzte muss nicht unbedingt der tödliche gewesen sein», hakte Küenzler nach.

Der Gerichtsmediziner nickte.

«Es kann sogar sein, dass sie noch gelebt hat, nachdem der Täter von ihr abgelassen hat. Wie gesagt, ich muss sie zuerst obduzieren.»

«Den Todeszeitpunkt steht also auch nicht fest», seufzte Hunziker.

Der Arzt winkte einem Spurensicherer.

«Zeig mal die Fotos!»

Dieser hielt die Kamera so, dass sie den Bildschirm sahen.

«So haben wir sie gefunden», erklärte der Arzt und Bachmann nickte bestätigend.

«Hier ist sie total durchnässt.»

Der Gerichtsmediziner wies auf die nach oben zeigenden Stellen der zusammengesunkenen Gestalt auf dem Foto.

«Eine ziemlich unbequeme Haltung übrigens. Hier...»

Jetzt zeigte er auf der Leiche an die vom Regen geschützteren Stellen.

«...ist weniger Wasser hingekommen. Wahrscheinlich nur durch die Kleidung aufgesogen, nicht direkt dem Regen ausgesetzt gewesen. Sie hat sich während des Gewitters ziemlich sicher nicht bewegt. Wäre sie nur bewusstlos gewesen, hätte der kühle Regen sie vielleicht aufgeweckt. Sie hat auch den Schal nicht benutzt, der sie wenigstens ein bisschen geschützt hätte.»

Der Arzt hielt kurz inne.

«Ich bin fast sicher, dass sie vor dem Gewitter tot war.»

Nach einer kurzen Pause kam dann der Hinweis auf die obligate Bestätigung erst nach der Obduktion.

Hunziker winkte ab. Er liess sich vom Kollegen alle Fotos der Leiche zeigen. Bachmann gab ebenfalls Kommentare ab.

«Welches war dein erster Eindruck, als du sie sahst?», erkundigte sich Hunziker.

Bachmann zögerte.

«Erst vermutete ich einen Überfall auf dem Weg. Ich

dachte sogar, dass sie sich hingeschleppt hätte. Wegen dem Regen sieht man ja keine Spuren mehr.»

Hunziker beobachtete ihn.

«Jetzt bist du unsicher?»

Bachmann nickte.

«Ich glaube, sie sass schon auf der Bank, als sie angegriffen wurde», vermutete er.

Der Gerichtsmediziner hatte dem Gespräch gelauscht, während er seine Tasche zusammenpackte.

«Er könnte sie tatsächlich überrascht haben. Es gibt keine Abwehrverletzungen. Keine Schnitte an den Händen, sofern es sich um ein Messer gehandelt hat, was, wegen der Breite der Stiche, anzunehmen ist. Dazu, soweit ich es ohne Mikroskop gesehen habe, auch keine Hautpartikel unter den Fingernägeln», teilte er mit.

Hunziker nickte und wandte sich wieder Bachmann zu. Dem Polizeileutnant war die Meinung des erfahrenen Polizisten wichtig.

«Warum denkst du, dass sie da sass?»

«Wenn ich mich schwer verletzt hinschleppe, stütze ich mich doch ab. Sie sass aber mit dem Rücken zur Lehne», erklärte dieser.

Hunziker sah sich nochmals das Foto an. Er verstand, was der Kollege meinte. Trotzdem würde er versuchen die Tat nachzustellen, aber nicht mehr heute Abend.

«Dann der Schal, der da hängt. Warum sollte sie ihn abnehmen in ihrem Zustand. Den hat sie vorher hingelegt», ergänzte Bachmann.

«Sofern er der Toten gehört», warf Hunziker ein.

«Zuerst müssen wir wissen, wer sie ist. Kannst du uns da helfen», bat er Bachmann, was dieser bejahte.

«Mach doch ein gutes Foto vom Gesicht und schick uns das aufs Handy und auch eines vom Schal», wies er den Spurensicherer an. Bachmann gab dem Beamten seine Nummer, die anderen zwei hatte dieser schon.

Die Augen der Toten waren inzwischen geschlossen worden. Auf dem Foto konnte man fast meinen, dass sie schlief.

«Ihr könnt sie mitnehmen», wandte sich Hunziker an die Leute vom Leichenwagen.

«Fahren wir zu dir», schlug er Bachmann vor, wobei er natürlich den Polizeiposten in der Kleinstadt meinte.

«Wer hat sie eigentlich gefunden?», fragte Küenzler auf dem kurzen Weg zu den Autos.

«Ein Jogger», erwiderte Bachmann.

«War Zufall. Der Mann hat eine Zusatzschleife zu seiner normalen Runde gemacht und ist dadurch an der Bank vorbeigekommen. Als er erkannt hat, dass die Frau tot ist, hat er uns sofort angerufen. Der war fertig, hat vorher noch nie eine Tote gesehen. Sie war ihm übrigens ebenfalls unbekannt.»

«Wo ist er jetzt?»

«Zu Hause. Sobald ich hier wegkonnte, habe ich ihn schnell heimgefahren. Er wohnt im Hügeldorf.»

«Du meinst, er ist unverdächtig», warf Hunziker ein.

Bachmann nickte.

«Zur Zeit des Gewitters war er zu Hause. Er war noch ein bisschen nass, weil er schon losgelaufen ist, als er sah, dass der Regen nachliess. Aber nicht so, wie er es gewesen wäre, wenn er während des ganzen Gewitters draussen gewesen wäre.»

Hunziker nickte.

«Gib uns trotzdem die Personalien», bat Küenzler und schrieb auf, was Bachmann von seinem Notizblock ablas.

Die beiden Autos standen direkt hintereinander, da Bachmann als Vorletzter wieder am Tatort eingetroffen war.

«Wir könnten getrennt fahren und schon mal in den Krankenhäusern nachfragen», schlug Bachmann vor.

«Gute Idee», meinte Hunziker.

Bachmann zeigte in die Richtung derjenigen Kleinstadt, die die Verbindung der beiden Dörfer und zugleich seine Heimatstadt war.

«Wo das bei uns liegt, wisst ihr noch?», fragte er.

Die beiden nickten.

«Wenn es euch nichts ausmacht, übernehme ich das andere», bot er, in die Richtung der anderen Kleinstadt deutend, an.

«Ist kein grosser Umweg.»

Hunziker und Küenzler stimmten zu und stiegen ein.

Es war gar nicht so einfach auf den schmalen Feldwegen zu wenden, da es inzwischen ganz dunkel war. An der Hauptstrasse fuhren die Autos in entgegengesetzten Richtungen davon.

Dorothee war schon den ganzen Tag unruhig. Seit sie Hedwig um den Gefallen gebeten hatte, waren mehr als zwei Wochen vergangen.

Es sah der Schwester nicht ähnlich, etwas so wichtiges auf die lange Bank zu schieben.

Also musste es Komplikationen geben. Wollte oder konnte ihre Mutter sie nicht treffen? Vielleicht wegen der Familie. Nur warum Hedwig ihr das nicht mitteilte, verstand Dorothee nicht. Sie hätte das akzeptiert, dass wusste die Schwester doch.

Schon zweimal an diesem Abend hatte Dorothee zum Telefon gegriffen und es dann wieder hingelegt.

Sie wollte nicht, dass sich die Schwester gedrängt fühlte und womöglich noch etwas falsch machte. Wahrscheinlich gab es eine ganz einfache Erklärung. Es konnte zum Beispiel sein, dass ihre Mutter verreist war.

Plötzlich hatte Dorothee eine Idee. Sie musste das Thema gar nicht anschneiden. Sie konnte Hedwig einfach zum Kaffee einladen.

Wieder der Griff zum Telefon und wieder zögerte sie. Heute war Montag. Eine Einladung fürs Wochenende war noch zu früh. Zumindest bei der Schwester, die alleine lebte und nie ausging. Da machte man solche Treffen kurzfristig ab.

Es musste ja nicht das Wochenende sein. Dorothee würde sie auf morgen oder Mittwoch einladen. Dann erfuhr sie auch, ob Hedwig nicht doch eine Verabredung mit ihrer Mutter hatte.

Endlich entschloss sich die junge Frau und wählte die Festnetznummer. Hedwig war abends immer zu Hause.

Es läutete fünf Mal. Dann sprang der Anrufbeantworter an.

Überrascht verpasste Dorothee den angekündigten Pieps-Ton.

«Äh, hier ist Dorothee. Ich wollte Sie morgen zum Kaffee einladen. Rufen Sie mich zurück?»

Sie unterbrach die Verbindung. Hoffentlich ist das überhaupt noch auf dem Band, dachte sie ängstlich, weil sie so lange gewartet hatte.

Dann setzte sie sich hin und überlegte.

Die Schwester war nicht zu Hause. Gut, das konnte ein Notfall sein. Oder sie trifft sich gerade mit meiner Mutter. Freudig stand Dorothee auf und machte ein paar Tanzschritte durch die Wohnung.

Sie holte sich etwas zu trinken und schaltete den Fernseher ein, um die Wartezeit zu überbrücken.

Kurz vor Mitternacht beschloss sie ins Bett zu gehen. Heute würde kein Anruf mehr kommen.

Enttäuscht schlief Dorothee ein.

Bachmann fuhr ins Krankenhaus. Die Abendbesuchszeiten waren längst vorbei. Wer jetzt noch hierher kam, war ein Notfall.

Im Empfangsbereich war es deshalb entsprechend ruhig. Der Pförtner vertrieb sich den Schlaf mit einem Kreuzworträtsel.

Froh über die Abwechslung schaute er auf, als sich die Eingangstüre öffnete. Ein uniformierter Polizist. Was wollte der denn hier um diese Zeit?

Bachmann trat zur Pförtnerloge.

«Guten Abend», grüsste er und stellte sich vor.

«Ich bin nicht sicher, ob sie mir helfen können. Wir haben eine unbekannte Frau. Arbeitet sie vielleicht an dieser Klinik?»

Bachmann zeigte das Foto auf dem Handy.

Der Pförtner musste zweimal hinschauen, dann erkannte er sie und schüttelte unwillkürlich den Kopf.

«Also nicht», seufzte Bachmann.

Der Pförtner merkte, dass der Polizist ihn missverstand.

«Sie arbeitet nicht hier, aber ich kenne sie», sagte er schnell.

«Tatsächlich», sagte der Polizeiwachtmeister erfreut.

«Sie ist Gemeindeschwester, aber fragen Sie mich nicht wo. Muss aber eines der umliegenden Dörfer sein.

Sie besucht manchmal Patienten, die sie betreut hat und die dann doch eingeliefert werden müssen. Allerdings habe ich sie schon länger nicht mehr gesehen.

Warten Sie, das letzte Mal war es ein Mann auf der medizinischen. Ist aber ein paar Monate her. Hatte sie einen Unfall», deutete er auf das Bild.

«Scheint so», wich Bachmann aus.

«Dieser Patient, kam der aus dem Hügeldorf?»

«Ich glaube», brummte der Pförtner.

«Leider weiss ich den Namen nicht mehr, nur dass er gestorben ist.»

In diesem Moment öffnete sich die Aufzugstüre und die Stationsschwester der medizinischen Abteilung trat heraus. Sie hatte den Abend genutzt, um längst fällige Schreibarbeiten zu erledigen.

Müde wollte sie vorbeigehen, als der Pförtner sie rief.

Sie setzte ein höfliches Lächeln auf und trat hinzu, wobei sie den Polizisten musterte.

«Der Wachtmeister fragt nach dieser Gemeindeschwester. Wissen Sie noch, wo sie arbeitet oder der Mann gewohnt hat, der gestorben ist.»

Stirnrunzelnd betrachtete die Schwester das Foto und erschrak. Ihrem professionellen Blick entging nicht, dass die Frau tot war.

«Sie wissen nicht, wer sie ist?», erkundigte sie sich.

Bachmann, der sofort wusste, dass er hier offen sein musste, nickte.

«Gehen wir raus», schlug die Schwester vor.

Auf dem Weg zum Parkplatz, bestätigte sie, dass es sich um Hedwig Berner, die Gemeindeschwester vom Hügeldorf handelte. Auch, dass sie Patienten im Spital besuchte und sogar die Familien betreute.

«War sie verheiratet?»

Die Schwester verneinte und glaubte, dass Hedwig auch sonst keine Familie hatte.

«Zumindest nicht in der näheren Umgebung. Sie hat nie etwas Persönliches erzählt und so wie sie sich um andere gekümmert hat, war das vielleicht ein Ersatz.»

Sie blieb vor einem Wagen stehen.

«Hatte sie einen Unfall?», erkundigte sie sich.

«So ähnlich», sagte Bachmann wage.

«Sie dürfen nicht darüber reden», verstand die Schwester.

Sie hatte den Wagen aufgeschlossen. Plötzlich war ihr klar, was das Zögern von Bachmann bedeutete. Sie drehte sich ihm wieder zu.

«Falls sie einen gewaltsamen Tod erlitten hat, ein Selbstmord war es sicher nicht.»

Bachmann schaute sie etwas verblüfft an.

«Sowas hätte sie nie getan», bekräftigte die Schwester.

«Wir kannten uns nicht so gut, dass ich sie als Freundin bezeichnet hätte, aber gut genug, um das zu wissen.»

Hunziker und Küenzler hatten doch Mühe das Krankenhaus in der Kleinstadt zu finden. Auch sie versuchten es ohne Erfolg bei der Pförtnerin.

Diese verwies sie an die Verwaltung, die aber erst morgen früh kontaktiert werden konnte.

Also beschlossen die Beamten auf dem Polizeiposten zu warten.

Kaum waren sie dort eingetroffen, erhielten sie Bachmanns Anruf.

«Wir haben Namen und Arbeitsort», frohlockte er und erzählte seine Recherchen.

«Die genaue Adresse wusste die Stationsschwester nicht. Wahrscheinlich hat sie eine von der Gemeinde gestellte Dienstwohnung. Müsste im Telefonbuch stehen oder auf der Webseite.

Übrigens müssen wir morgen früh gleich die zuständige Stelle informieren, damit die Ersatz stellen. Ich denke, da werden Patienten, die sie betreut hat, auf sie warten. Vielleicht haben die das sogar schon heute Abend gemeldet.»

Bachmann hielt einen Moment inne.

«Ich bin immer noch auf dem Parkplatz des Krankenhauses. Wollt ihr noch ins Hügeldorf fahren?»

Die beiden Beamten sahen sich an und schüttelten gleichzeitig die Köpfe.

«Nein, komm her», sagte Hunziker.

Die drei Beamten sassen auf dem Polizeiposten in der Kleinstadt zusammen und besprachen das weitere Vorgehen.

Inzwischen hatten sie die Telefonnummer der Toten und über diese auch die Adresse in Erfahrung gebracht.

«Soweit ich weiss, wurden bei der Toten auch keine Schlüssel gefunden », sagte Hunziker.

«Es widerstrebt mir, mitten in der Nacht, die Türe aufbrechen zu lassen.»

«Zuviel Aufsehen», bestätigte Küenzler.

«Wenn es Raubmord war, werden wir dort kaum einen Hinweis finden.»

«Gehen wir denn von Raubmord aus?», erkundigte sich Bachmann.

«Hast du Zweifel?», wollte Küenzler wissen.

Der Kantonspolizist zuckte die Achseln.

«Ich würde mir als Opfer nicht gerade eine ältere Krankenschwester aussuchen», erklärte er nach kurzem Zögern.

«Dagegen spricht auch der Tatort.»

Hunziker nickte verstehend.

«Wenn wir davon ausgehen, dass sich Opfer und Täter nicht kannten, was bei einem Raubmord in dieser Situation wahrscheinlich ist, hat der Mörder einen ziemlich ungewöhnlichen Ort ausgesucht.»

Küenzler war nicht überzeugt.

«Du meinst, weil es so abgelegen ist. Vielleicht war gerade das gewollt. Keine Zeugen.»

«Wir müssen rausfinden, wie frequentiert dieser Weg ist und wer ihn normalerweise benutzt», warf der Polizeileutnant ein.

«Vielleicht hat der Täter ja auf jemand anderen gewartet.»

Bachmann wollte das übernehmen.

Dann sprachen sie über die Wohnung. Sie wollten morgen herausfinden, ob nicht doch noch irgendwo ein Schlüssel existierte, bevor sie sie öffnen liessen.

Dabei konnten sie auch gleich einige Hintergrundinformationen über die Tote sammeln. Es gab Personen, die geradezu prädestiniert waren, ein Opfer zu werden und vielleicht gehörte die Schwester dazu.

Allerdings musste selbst Hunziker zugeben, dass er sich nicht allzu viel vom Besuch in der Wohnung versprach.

Nachdem sie sich noch auf eine Zeit geeinigt hatten, fuhren die zwei Kriminalbeamten nach Hause in die Grossstadt.

Bachmann blieb noch einen Moment sitzen. Er war vom Raubmord nicht überzeugt. Es passte nicht in die Gegend, obwohl er zugeben musste, dass es auch dort vorkommen konnte.

Dann war da noch etwas, dass jemand heute Abend gesagt hatte. Leider wusste er nicht mehr was oder wer. Es hatte einfach etwas in ihm zum Klingen gebracht.

Und es hatte definitiv nichts mit Raubmord zu tun.

Bachmanns Anruf erreichte die Kripobeamten am Dienstagmorgen auf dem Weg ins Hügeldorf.

Der Polizeiwachtmeister hatte schon mit den für den Pflegedienst zuständigen Stellen gesprochen.

Er hatte auch den Hausmeister von Hedwigs Wohnung ausfindig gemacht, der einen Universalschlüssel besass. Sie konnten also ungehindert hinein.

«Braucht ihr mich dabei?», wollte er wissen.

Als die Beamten verneinten, schlug er vor, sich auf dem Weg am Waldrand zu postieren und zu schauen, wer da so daher spazieren würde.

«Schnapp den Kerl, wenn er kommt», rief Küenzler, der wieder am Steuer sass, lachend.

«Mach ich», versprach Bachmann ebenfalls lachend.

«Ruft mich an, wenn ihr dort fertig seid oder sich etwas Neues ergibt», bat er noch.

Dorothee hatte schlecht geschlafen. Sie stellte nie den Wecker, weil sie immer vom Tageslicht wach wurde. Heute war es allerdings schon sehr hell, als sie endlich die Augen aufschlug.

Ein Blick auf die Uhr zeigte ihr, dass sie eine Stunde verschlafen hatte. Da sie im Büro keine fixe Anfangszeit hatte, war das nicht weiter schlimm.

Allerdings hatte sie keine Zeit mehr, mit Schwester Hedwig zu sprechen. Selbst, wenn diese noch zu Hause war, passte das Thema nicht zum Tagesanfang.

Dorothee würde sie am Abend in aller Ruhe anrufen.

Jakob ging mit einem schlechten Gewissen zur Arbeit. Er sah seinen Schwiegervater am Morgen nie, weil dieser sich angewöhnt hatte, erst nachdem sein Schwiegersohn das Haus verlassen hatte, zu erscheinen.

Folglich hatte Silvias Mann keine Ahnung, in welcher Stimmung ihr Vater, insbesondere heute Morgen, war.

Jakob hatte vermutet, dass das Zusammenleben mit dem Vater nicht leicht für seine Frau sein würde, aber offenbar hatte er nur die Spitze des Eisbergs gesehen.

Die Ängste, die sie ihm gestern gestanden hatte, gaben ihm zu denken.

Auf keinen Fall würde er seine Ehe aufs Spiel setzen. Notfalls würde er darauf bestehen, dass sie wieder in eine Mietwohnung zogen.

Er nahm sich vor, Silvia im Laufe des Tages anzurufen, um zu sehen, wie es ihr ging.

Silvia sass mit den Jungen beim Frühstück, als ihr Vater die Küche betrat. Die Jungen sahen vorsichtig zum Opa, um die Stimmung auszuloten.

Heinz war nicht dumm. Er erkannte, dass die Enkel unter dem gestrigen Streit gelitten hatten.

Ihnen zuliebe beherrschte er sich und sagte beinahe freundlich «guten Morgen».

Sofort plapperten die Jungen los. Trotzdem vermieden sie den Ausflug zum See anzusprechen.

Nach zehn Minuten mussten sie zur Schule aufbrechen und liessen Vater und Tochter allein zurück.

Silvia holte sich noch einen Kaffee. Sie griff zur Zeitung.

«Heute soll es wieder schön werden», sagte sie auf die Wetterprognose deutend.

«Ich habe die Wagenschlüssel von Jakob, wenn du zum See willst, kannst du sie haben.»

Überrascht sah ihr Vater sie an.

«Was hast du denn gesagt, wofür du sie brauchst?», wollte er misstrauisch wissen.

Silvia hatte überhaupt nicht mehr mit ihrem Mann über die Autoschlüssel gesprochen. Sie wollte nur ihren Vater versöhnen.

Jetzt erkannte sie, dass dieser ihr eine Lüge nachweisen wollte.

«Ich habe gesagt, dass ich den Wagen VIELLEICHT zum Einkaufen brauche. Aber ich fahre am Morgen und du ja erst am Nachmittag.»

Ausserdem braucht Jakob das gar nicht zu wissen, dachte sie noch. Seit sie wieder im Dorf wohnten, kam er erst gegen sechs Uhr nach Hause, bis dahin würde das Auto längst wieder in der Garage stehen.

«Wir werden sehen, was die Jungen wollen», murmelte Heinz missmutig vor sich hin. Irgendwie missfiel ihm dieser Handel.

«Nimmst du noch Kaffee?», fragte Silvia und stellte schon mal die Butter in den Kühlschrank.

Ihr Vater schüttelte den Kopf, schnappte sich die Zeitung und setzte sich, etwas Unverständliches brummend, ins Wohnzimmer.

Inzwischen waren die Beamten vor dem Haus eingetroffen, in dem Schwester Hedwig gewohnt hatte. Der Hausmeister erwartete sie bereits und öffnete ihnen. Da er angewiesen wurde, draussen zu bleiben, gab er ihnen die Handynummer.

«Rufen Sie mich einfach an, wenn ich wieder zuschliessen muss», knurrte er etwas verstimmt.

Es war eine Dachwohnung, mit zwei Zimmer und einer etwas grösseren Küche, in der ein kleiner Tisch Platz hatte.

An dem Set erkannten die Beamten, dass Hedwig ihre Mahlzeiten hier eingenommen hatte.

«Muss frustrierend sein, immer allein zu essen», bedauerte Küenzler, der verheiratet war, die Tote.

«Sie hat es wahrscheinlich nicht anders gekannt», erwiderte Hunziker.

Gleich neben der Wohnzimmertür stand ein kleines Tischchen mit Telefon und Notizblock. Der Anrufbeantworter blinkte. Küenzler hörte die Nachricht ab.

Es war die Einladung, die Dorothee gestern Abend aufs Band gesprochen hatte.

«Siehst du», sagte Hunziker.

«Sie war nicht so einsam. Sie wird wenigstens zum Kaffee eingeladen.»

«Sprechen wir mit der Frau?», erkundigte sich Küenzler.

Hunziker überlegte. Mit dem Fall hatte es nichts zu tun, aber absagen konnte man wenigstens.

«Sie hat keine Nummer hinterlassen», bedauerte er.

«Brauchte sie nicht, das Gerät hat sie automatisch gespeichert», erklärte Küenzler.

«Die beiden müssen häufiger miteinander telefoniert haben, denn sie ist mit Namen versehen.»

«Sehr gut. Wie heisst denn die Dame?»

«Dorothee»

Hunziker schaute seinen Kollegen skeptisch an.

«Willst du mich auf den Arm nehmen?»

Küenzler schüttelte den Kopf.

«Hier sieh selbst. Es ist nur der Vorname vermerkt.»

Hunziker dachte nach.

«Wahrscheinlich eine andere Schwester», stöhnte er.

«Ruf trotzdem an.»

Küenzler wählte und liess es zehnmal läuten. Es nahm niemand ab und es schaltete auch nicht auf ein Tonband um.

«Wahrscheinlich ist sie bei der Arbeit. Schreib die Nummer auf, damit wir rauskriegen, wer sie ist.»

Küenzler griff zum Notizblock, riss aber zuerst das oberste Blatt ab.

«Das ist die letzte Nummer, die Schwester Hedwig notiert hat, leider keinen Namen.»

Er schrieb Dorothees Namen und Nummer auf und reichte beide Blätter Hunziker, der sie verglich.

«Eine wohnt nicht im Hügeldorf», stellte er fest.

«Kannst du doch heute nicht mehr sicher sein, seit man beim Umzug innerhalb der Schweiz die Rufnummer mitnehmen kann.»

Hunziker hatte sich immer noch nicht daran gewöhnt.

«Stimmt, habe ich vergessen. Welche wäre dann aus dem Dorf?»

«Dorothee»

Hunziker dachte an die Vertretung. Dann wusste sie schon, dass Hedwig tot war. Er würde Bachmann fragen.

Sie fanden Patientenlisten und Arbeitspläne.

Auf einem, mit einem schön bestickten Tuch bedeckten, grösseren Tisch, als der in der Küche, stand ein ausgeschalteter Laptop.

«Nehmen wir den mit?», fragte Küenzler.

«Bei einem zufälligen Aufeinandertreffen von Opfer und Täter, hilft er uns wenig.»

Hunziker stimmte ihm zu.

«Wenn es kein Raubmord ist, kann sich die Spurensicherung die Wohnung vornehmen und ihn auch gleich knacken.»

Hunziker dachte im Informatikzeitalter immer an komplizierte Passwörter.

Sie bemerkten, dass die Tote viel gelesen hatte. Meistens Romane, wobei sie sich auf wenige Autoren beschränkte, deren Werke sie aber vollständig zu besitzen schien.

Ein paar Ordner mit Bank- und anderen wichtigen Papieren standen ebenfalls im Regal. Alles sehr ordentlich und übersichtlich.

Die Beamten betraten das Schlafzimmer. Auch hier herrschte Ordnung. Über das gemachte Bett war eine

Tagesdecke ausgebreitet. Auf dem Nachttischchen lag ein Roman mit Buchzeichen ungefähr in der Mitte.

Hunziker zog an der kleinen Schublade. Ein Büchlein mit festem Einband lag da. Es war eine Art Tagebuch und beinahe voll geschrieben. Die Schwester hatte eine schöne Schrift gehabt.

Er wollte es schon zurücklegen, als er seine Meinung änderte und es einsteckte.

Sonst enthielt dieser Raum nur noch Kleider und Wäsche.

Zuletzt wandte sich Küenzler dem Badezimmer zu. Neben den Hygieneartikel befand sich nichts Besonderes darin. Auffallend war das Fehlen jeglicher Kosmetik. Lediglich eine Handcreme lag neben dem Glas mit der Zahnbürste.

Sie riefen den Hausmeister an, damit er die Wohnung wieder verschloss. Um dessen Neugier zu zügeln, beschloss Hunziker, ein Polizeisiegel anzubringen.

Der Hausmeister verfolgte das Ganze mit Stirnrunzeln.

«Für den Wagen habe ich aber keinen Schlüssel», brummte er, als sich die Beamten zur Treppe wandten.

Hunziker drehte sich um.

«Welcher Wagen?»

«Na der von Schwester Hedwig. Er steht in der Garage.»

Hunziker hätte sich ohrfeigen können. Natürlich brauchte eine Gemeindeschwester ein Auto. Das warf sofort die nächste Frage auf. Wie war die Tote dann zu der abgelegenen Bank gekommen. Das war ein ziemlich langer Fussmarsch. Zuerst durchs halbe Dorf und dann noch dem Wald entlang.

«Ging die Schwester oft spazieren? Oder wandern?»

Der Hausmeister zuckte die Schultern.

«Ich habe sie ja nicht so oft gesehen. Sie war viel unterwegs. Spazieren weiss ich nicht. Aber wandern sicher nicht, wenn sie es richtig meinen, mit Wanderschuhen, Rucksack, Stöcken und so.»

Er überlegte einen Moment.

«Eigentlich traf ich sie immer nur ums Haus herum an. Sie fuhr auch meist mit dem Wagen weg. Schon wegen ihrer Tasche, die ist ziemlich schwer, glaube ich wenigstens.»

Hunziker bat ihn, sie zum Auto zu führen.

Es war verschlossen. Sie sahen, dass eine grosse, braune Tasche auf dem Boden vor dem Beifahrersitz stand.

«Komisch», murmelte der Hausmeister.

«Die hat sie sonst immer gleich in die Wohnung genommen. Ich habe mal einen Witz gemacht deswegen, bin aber belehrt worden, dass sie medizinische Sachen darin aufbewahre, die sie nicht über Nacht in einem Auto lassen wolle.»

Die Beamten sahen sich an. «Kein Raub» formte Küenzler lautlos mit den Lippen.

Hunziker schüttelte den Kopf, meinte jedoch nicht den Raub.

«Wir haben keine Autoschlüssel gefunden», sagte er zum Hausmeister.

«In der Wohnung», ergänzte er noch schnell.

«Die hat sie in einer kleinen Umhängetasche gehabt. Auch die Geldbörse und andere persönlichen Sachen», erklärte der Mann.

«Sie hat immer betont, dass in der Tasche…», dabei zeigte er aufs Auto,

«...nur die beruflichen Dinge sind.»

Küenzler nickte verstehend und kehrte zu seiner Theorie zurück.

Hunziker nutzte die Gelegenheit.

«Wir haben bei der Schwester einen Schal gefunden, wissen aber nicht, ob er ihr gehört.»

Er zeigte dem Mann das Foto.

«Ja, den hat sie immer getragen, wenn sie ohne Mantel unterwegs war», bestätigte dieser.

Also sass die Schwester auf der Bank, als sie getötet wurde, dachte Hunziker.

Bachmann hatte sich ungefähr da postiert, wo die Abzweigung zum Bach war, die von Beckmann normalerweise benutzt wurde.

Das hatte sich als klug herausgestellt. Es kamen einige Leute vorbei. Die meisten führten Hunde aus. Ein paar Jogger waren dabei, ein Mann mit Mountain Bike und ein Reiter.

Nur die letzten zwei gaben an, manchmal den Weg weiter am Waldrand entlang zu benützen. Den anderen war es zu weit. Einige wussten nicht einmal, wie man wieder zum Dorf zurückkam, ohne einfach umzukehren.

Bachmann war sich bewusst, dass er zur falschen Tageszeit da stand, hatte sich aber schon mal ein allgemeines Bild der Situation gemacht.

Wenn man davon ausging, dass ein Gewitter bevorstand, würde man nicht noch eine zusätzliche Schleife machen, sondern schnellstens nach Hause zurückkehren. Er war sich ziemlich sicher, dass sich zur Tatzeit nur der Mörder und die Tote bei der Bank aufgehalten hatten.

Sein Handy klingelte. Die Kriminalbeamten waren in der Wohnung fertig. Hunziker wollte einen Kaffee trinken gehen und Bachmann schlug den Adler als Treffpunkt vor.

Der Polizeiwachtmeister hatte etwa hundert Meter weiter Richtung Bank eine Lücke am Waldrand entdeckt, die zum Holzschlagen benutzt wurde und ihm als Versteck für seinen Dienstwagen diente. Er wollte niemanden vergraulen.

Als er zurückging, fiel ihm auf, dass wirklich niemand von der Bank her gekommen war.

An der Abzweigung, überlegte er gerade, auf welchem Feldweg er zur Hauptstrasse zurückkehren sollte, als er jemanden weit weg, vom Bach herkommend, mit einer Baseballmütze winken sah.

Also bog er dorthin ab. Beim Näherkommen erkannte er einen älteren Mann, der seinen Schäferhund ausgeführt hatte.

Bachmann hatte alle nach dem Namen gefragt und erinnerte sich, dass der Hundebesitzer sich mit Wagner vorgestellt hatte.

Herr Wagner war etwas ausser Atem stehen geblieben, als das Polizeiauto ihm entgegen kam.

«Gott sei Dank», japste er, als Bachmann hielt und ausstieg.

«Ich dachte schon, ich müsste den ganzen Weg zurück und verpasse Sie doch noch.»

Bachmann hatte den Leuten, wenn nötig, von einem Unfall erzählt.

«Ist Ihnen doch noch etwas eingefallen?», erkundigte er sich deshalb.

Herr Wagner schüttelte den Kopf und streckte ihm eine Umhängetasche aus Stoff entgegen.

«Die hat mein Hund gefunden», sagte er in Richtung des Baches deutend.

«Wahrscheinlich hat sie jemand da auf dem kleinen Parkplatz verloren und ein anderer Hund oder ein Fuchs hat sie verschleppt. Ich meine, es hat sicher nichts mit dem Unfall zu tun, aber wo Sie schon in der Gegend sind, wollte ich sie Ihnen gleich abgeben.»

Bachmann nahm ihm die kleine, quadratische Tasche ab. Es war so eine Dritte-Welt-Ausführung, vielleicht aus Peru. Jedenfalls war sie mit einem Indianermuster versehen und nur etwa dreissig Zentimeter gross.

Bachmann öffnete sie und schaute hinein. Er sah ein ledernes Portemonnaie, ein Brillenetui, einen Schlüsselbund an dem auch Wagenschlüssel hingen und einen Kugelschreiber sowie Papiertaschentücher. Viel mehr hatte auch nicht Platz.

«Die Wagenschlüssel haben mich verwundert», erklärte Herr Wagner.

«Es steht nämlich kein anderes Auto dort.»

«Haben Sie etwas vom Inhalt angefasst?», fragte Bachmann.

Herr Wagner wurde verlegen.

«Also ich habe nichts gestohlen», meinte er.

«Aber ich habe das Portemonnaie herausgenommen, weil ich eine Adresse suchen wollte. Dann sah ich die Schlüssel darunter und das kam mir komisch vor und ich dachte, ich bringe sie lieber Ihnen.»

«Das war sehr gut, vielen Dank», lobte der Wachtmeister.

Er hätte den Inhalt gerne untersucht, um zu erfahren, ob es der Toten gehört hatte. Dazu hätte er aber Handschuhe anziehen müssen und das wollte er in Wagners Gegenwart nicht tun.

«Steigen Sie ein. Wir fahren zum Parkplatz und sie zeigen mir, wo die Tasche lag.»

«Aber mein Hund?»

«Den nehmen wir natürlich mit», lachte Bachmann und öffnete die Hecktür.

Es war nicht weit und jetzt sah er auch, was Herr Wagner als Parkplatz bezeichnete.

Am Bach zweigte ein weiterer Feldweg ab und in dem Dreieck stand ein kleiner Holzschuppen. Davor war Platz für drei, höchstens vier Autos. Das Ganze war mit Gebüsch umgeben, sodass man von der Strasse, vor allem im schnellen Vorbeifahren, nicht viel sah. Aber der Feldweg auf dem sie kamen, führte direkt darauf zu.

Bachmann parkte neben Wagners Auto. Sie stiegen aus und liessen den Hund heraus, der freudig herumsprang.

«Zeigen Sie ihm die Tasche», bat sein Besitzer.

«Wo hast du das gefunden, zeig es mir», befahl er seinem Hund.

«Los zeig es deinem Herrchen.»

Der Schäferhund wedelte und sprang zum Gebüsch auf der Bachseite. Dort schlüpfte er zwischen zwei Sträucher und suchte etwas ratlos am Boden. Die beiden Männer waren ihm gefolgt.

«Braver Hund», lobte Herr Wagner.

«Hier hat die Tasche gelegen», sagte er.

«Ich gehe manchmal schon im Dunkeln mit ihm raus und habe ihm deshalb beigebracht, dass er mir zeigt, wo der Kot liegt», erklärte er und deutete auf ein mitgeführtes Plastiksäckchen.

Bachmann nickte. Er glaubte Wagner, oder besser seinem Hund, dass das Täschchen da gelegen hatte. Trotzdem störte ihn etwas an der Fundstelle. Sie konnte nicht zufällig sein.

Er zückte sein Handy und machte ein Foto. Dann trat er zurück und machte ein weiteres vom Auto aus.

Wagner sah sich das verwundert an.

«Aber der Unfall war doch am Waldrand», bemerkte er schliesslich.

Bachmann nickte. Er war sich jetzt sicher, dass das Täschchen der Toten gehört hatte. Der Täter hatte es mitgenommen und weggeworfen. Das bedeutete, dass der Täter mit dem Wagen gekommen war. Der Polizist glaubte immer weniger an einen Zufall.

Er wandte sich wieder dem Hundebesitzer zu.

«Nochmals vielen Dank. Sie haben uns sehr geholfen. Du auch», sagte er und streichelte den wedelnden Hund.

«Ich möchte Sie bitten, darüber nicht zu sprechen. Es war kein Unfall, aber wir wollen das noch nicht publik machen.»

Wagner atmete tief ein und versprach es. Meiner Frau kann ich es vielleicht doch erzählen, dachte er, wenn schon mal was Aufregendes passiert.

Die Kollegen hatten den Kaffee schon ausgetrunken, als Bachmann endlich eintraf.

«Was hast du denn für einen Umweg gemacht», erkundigte sich Küenzler grinsend.

«Keinen, aber ich habe was für euch.»

Bachmann bestellte bei der Bedienung ebenfalls einen Kaffee.

Dann legte er eine undurchsichtige Plastiktüte mit der Öffnung gegen die beiden auf den Tisch.

«Ich habe mich nicht getraut, es genauer zu untersuchen, aber ich fresse einen Besen, wenn es nicht das Täschchen der Schwester ist.»

Hunziker hob den oberen Teil ein wenig an und betrachtete den Inhalt.

«Drin ist ein Portemonnaie, ein Brillenetui und ein Schlüsselbund mit Wohnungs- und Autoschlüssel», informierte Bachmann bevor sie fragen konnten.

«Ausserdem noch Papiertaschentücher und Kleinkram, aber das ist wohl weniger interessant.»

«Ausweise?», wollte Küenzler wissen.

«Sind wahrscheinlich im Portemonnaie. Es ist gross genug, um ein Fach für Plastikkarten zu haben.»

Die Bedienung brachte das heisse Getränk und ging wieder hinter die Theke, wo sie, ihnen den Rücken zukehrend, mit jemandem in der Küche sprach.

Bachmann erzählte, wie das Täschchen gefunden worden war.

Hunziker schaute sich um. Die übrigen Gäste waren am Stammtisch und kümmerten sich nicht um die abseits sitzenden Beamten. Er zog Plastikhandschuhe an und nahm vorsichtig die Geldbörse heraus. Darin fand er neben anderen Karten sowohl Personalausweis wie Führerschein auf den Namen der Schwester. Das Notenfach war leer, lediglich ein paar Münzen lagen im dafür vorgesehenen Teil.

Sorgfältig liess er das Beweisstück wieder in der Tasche verschwinden und zog die Handschuhe aus.

«Wir geben das der Spurensicherung, vielleicht sind fremde Fingerabdrücke darauf.»

«Also doch Raubmord», sah sich Küenzler bestätigt.

Hunziker wollte ihm zustimmen, besann sich jedoch anders.

«Los raus mit der Sprache», forderte er Bachmann auf, als er dessen skeptisches Gesicht sah.

Dieser erzählte von den Leuten, mit denen er gesprochen hatte. Nicht nur, dass die Bank den meisten unbekannt gewesen war, sie war auch zu weit weg. Zumindest für Fussgänger. Selbst Leute, die grosse Hunde ausführten, bogen vorher ab.

«Da kamen nur wenige Fahrradfahrer oder Reiter vorbei. Und ausgerechnet diese Stelle sucht sich ein Täter für einen Raub aus.»

«Dafür ist er ungestört», warf Küenzler ein.

«Hast du schon einmal versucht einen Reiter von einem galoppierenden Pferd zu holen? Stadtmensch!», ärgerte sich Bachmann ein wenig.

«Was stört dich noch», lenkte Hunziker ab.

«Das Gewitter. Ich kannte die Schwester nicht, aber wenn ich so weit von zu Hause entfernt bin und ein Unwetter zieht auf, setze ich mich doch nicht seelenruhig auf eine Bank am Waldrand.»

«Es ist noch nicht erwiesen, dass sie sass, als sie erstochen wurde», knurrte Küenzler, der merkte, dass Hunziker umzuschwenken begann.

«Auch als Täter», spann Bachmann unbeirrt seine Gedanken fort.

«Erstens erwarte ich nicht mehr, dass noch jemand vorbeikommt, zweitens bringe ich mich doch selbst in Sicherheit. «

«Ganz abgesehen vom Unsinn, überhaupt eine solche Stelle zu wählen», setzte er nach einer kurzen Pause hinzu.

Hunziker hatte sich das ruhig angehört.

«Wir müssen vom Opfer ausgehen», sagte er schliesslich.

«Wieso war die Schwester dort? Egal, ob sie nun ging oder sass, was wollte sie so weit weg vom Dorf?»

Darauf hatte keiner eine Antwort.

«Wir holen uns den Laptop», sagte Hunziker und informierte kurz über den Besuch in der Wohnung, wobei er auch Schwester Dorothee erwähnte.

Als sie zu den Autos gingen, hielt Bachmann sie nochmals zurück.

«Übrigens fehlt ihr Handy oder habt ihr das in der Wohnung gefunden», erkundigte er sich.

«Hatte sie denn eines», fragte Hunziker.

«Jede Gemeindeschwester hat eines. Sie muss doch für Notfälle erreichbar sein.»

«Vielleicht in der Tasche», vermutete Küenzler und erzählte vom Auto und was der Hausmeister gesagt hatte.

«Wenn es ein Diensthandy war, könnte es sich dort befinden.»

Bachmann nickte, aber er war nicht überzeugt. Was nützte ein Handy im Auto, wenn man kilometerweit weg zu Fuss unterwegs war?

Er stieg ins Polizeifahrzeug und wollte zur Gemeindeverwaltung, um diese Schwester Dorothee ausfindig zu machen.

Die Beamten kehrten in die Wohnung zurück. Sie hatten jetzt die nötigen Schlüssel, mussten den Hausmeister also nicht mehr bemühen. Um keine Abdrücke zu verwischen, fasste Hunziker sie mit den Handschuhen ganz vorsichtig an den schmalen Rändern und öffnete.

«Kümmere dich mal um den Laptop», bat er seinen Kollegen.

«Ich hole die Tasche.»

Da die Schlüssel in der weggeworfenen Tasche gewesen waren, gingen die Beamten davon aus, dass der Täter weder in die Wohnung eingedrungen noch im Auto gesessen hatte. Zumindest nicht nach dem Mord.

Falls es doch eine Beziehungstat war, konnte er die Schwester natürlich vorher einmal aufgesucht haben.

Als Hunziker mit der wirklich schweren Tasche die Treppe hoch stieg, kam ihm der Hausmeister entgegen.

«Ach Sie sind es?», sagte er erleichtert.

«Ich wollte Sie gerade verständigen. Das Siegel ist aufgebrochen.»

«Sie passen aber gut auf», knurrte Hunziker.

Der Hausmeister war etwas beleidigt.

«Ich will nur nicht, dass Sie mich womöglich verdächtigen, wenn etwas passiert.»

«Wenn Sie schon da sind», hielt Hunziker ihn zurück.

«Hat die Schwester gestern Besuch gehabt?»

«Weiss ich nicht. Vorher war ich nicht so viel hier oben, aber es ist mir auch sonst niemand Fremder aufgefallen.»

«Es muss niemand Fremder gewesen sein, nur jemand der nicht hier wohnt», hakte Hunziker nach.

Der Hausmeister überlegte kurz, schüttelte dann aber den Kopf.

«Sie hat sehr zurückgezogen gelebt. War sogar an den Feiertagen allein. Tagsüber die Patienten, aber abends und an den Wochenenden nichts. Einmal hat eine junge Frau sie besucht, ist aber lange her über einen Monat. Also zumindest glaube ich, dass sie zur Schwester wollte, weil sie oben geklingelt hat.»

«Okay, wir sind noch eine Weile hier und später kommen Kollegen von uns», erklärte Hunziker, worauf der Mann vor sich hin nickend die Treppe hinabstieg.

«Wer war denn hier?», fragte Küenzler, der die Stimmen gehört hatte.

Hunziker gab kurz Antwort und interessierte sich dann für den Laptop.

«Ich habe das Passwort geknackt», verkündete Küenzler stolz.

Hunziker sah ihn perplex an.

«Es gab gar keins», vermutete er dann.

«Doch», entgegnete sein Kollege pikiert.

«Aber ich gebe zu, es war einfach. Dorothee», sagte er dann.

Hunziker sah ihn ungläubig an.

«Glaubst du, sie war lesbisch?», fragte Küenzler.

Hunziker zuckte die Schultern. Das sah man den Leuten nicht unbedingt an.

«Auf jeden Fall wird die Dame immer interessanter.»

Sein Handy klingelte. Es war Bachmann.

«Bruno, es gibt keine Schwester Dorothee», verkündete er.

«Das haben wir auch gerade vermutet», erwiderte Hunziker.

«Sie heisst Dorothee Schär und wohnt im Hügeldorf. Als Beruf hat sie Controllerin angegeben und als letzten Arbeitsplatz eine Firma in der Kleinstadt. Sie ist erst dreissig Jahre alt und dürfte deshalb kaum zu den Patienten der Schwester zählen.»

Küenzler sah sich bestätigt und grinste.

Bachmann gab die Wohnadresse durch und fragte, ob er hinfahren sollte.

«Nein, wahrscheinlich ist sie im Büro. Wir besuchen sie, wenn sie wieder zu Hause ist. Aber warte mal kurz.»

Hunziker öffnete die Tasche und sah den geordneten Inhalt durch.

«Kein Handy da», informierte er Bachmann.

«Kannst du einen Kollegen mitnehmen und nochmals an der Fundstelle des Täschchens suchen? Oder am Tatort?»

«Dann hole ich mir Stiefel. Vielleicht liegt es im Bach», erklärte der Wachtmeister sein Einverständnis und legte auf.

Küenzler hatte zuerst die E-Mails gecheckt, aber weder einen Absender noch Empfänger gefunden, der auf Dorothee Schär hindeutete.

Die meisten waren beruflicher Natur. Dann noch ein paar Neujahrsgrüsse oder Gratulationen zum Geburtstag, aber immer von oder an Ärzte und Pflegerinnen oder der Gemeindeverwaltung.

Auch die Dateien sahen sehr beruflich aus. Offenbar war ihr der Laptop von der Pflegeorganisation zur Verfügung gestellt worden. Wie der Hausmeister gesagt hatte, hielt sie berufliches und privates streng getrennt.

Küenzler schaltete das Gerät aus.

Obwohl er sich keine Hoffnung machte, bat Hunziker einen Spurensicherer sich die Wohnung gründlich vorzunehmen, wobei es mehr um Informationen als um Fingerabdrücke ging.

Da sie noch länger im Oberland bleiben würden, liess er ihm auch das Täschchen da, das dieser im Labor untersuchen sollte.

Bevor sie das Haus verliessen, versiegelte er die Wohnung wieder.

Der Hausmeister schaute prompt um die Ecke, als sie wegfuhren.

Die Kriminalbeamten fuhren zum Polizeiposten.

Bachmann war noch auf der Suche nach dem Handy, aber er hatte ihnen sein Büro angeboten.

Dort telefonierte Hunziker mit der Gerichtsmedizin. Der Pathologe hatte die Leiche obduziert.

Es waren vier Stiche gewesen. Zwei von hinten und zwei von vorne. Nach dem Verlauf der Stichkanäle zu schliessen, war der Täter grösser als die Schwester oder diese sass auf der Bank. Der Arzt tippte auf letzteres.

«Ich stelle mir folgendes vor», rekonstruierte er die Tat.

«Die Frau sass ganz normal auf der Bank. Der Täter nähert sich von hinten.

Entweder bemerkt sie ihn nicht oder sie vertraut ihm.

Er sticht zweimal zu, von oben zwischen den Schulterblättern, verletzt sie aber nur. Vielleicht kam ihm die Rückenlehne der Bank in die Quere.

Sie dreht sich leicht zu ihm um. Nur mit dem Oberkörper.

Er beugt sich über sie und sticht ein weiteres Mal zu, wobei er sie diesmal von vorne und weiter unten erwischt.

Sie will sich an der Bank festhalten, vielleicht sogar aufstehen und da sticht er nochmals zu.

Jetzt sackt sie bewusstlos zusammen. Deshalb die seltsame Körperhaltung.

Der Täter denkt, sie ist tot und geht weg. Tatsächlich hat sie noch etwa eine Viertelstunde gelebt, bis sie innerlich verblutet ist. Allerdings ist sie nicht mehr aufgewacht und hat sich auch nicht mehr bewegt.»

«Tatwaffe?»

«Ein Messer. Könnte ein Küchenmesser gewesen sein, sowas wie Köche es brauchen, um Fleisch zu schneiden. Die spitze Klinge ist leicht gebogen und wird gegen den Rücken breiter.»

«Tatzeit?»

«Wie gesagt, Tatzeit und Todeszeit klaffen etwa eine Viertelstunde auseinander.

Ich habe nachgefragt, wann das Gewitter über der Stelle war. Um sechzehn Uhr fünfundvierzig fing es an zu regnen.

Da war die Tat schon geschehen und die Frau wahrscheinlich tot oder sie ist kurz danach gestorben.»

Hunziker dachte einen Augenblick nach.

«Was ist der früheste Zeitpunkt?»

«Höchstens eine Stunde vorher, eher weniger.»

Der Gerichtsmediziner zögerte.

«Vor dem Gewitter war es sehr schwül und drückend heiss. Das Blut, das nach draussen floss, wäre schnell verkrustet.

Durch den Regen wurde ihre Kleidung gegen den Körper gedrückt, und dadurch hätte sich diese Kruste festgeklebt. Es war aber nur frisches Blut an der Kleidung. Das heisst es hatte keine Zeit, um zu gerinnen, bis der Regen einsetzte.»

Hunziker bedankte sich und wollte schon auflegen.

Der Gerichtsmediziner räusperte sich.

«Es gibt noch ein ungewöhnliches Detail», sagte er.

«Zumindest für die heutige Zeit. Die Tote war noch Jungfrau.»

Hunziker war ebenfalls überrascht. Er hatte schon heimlich mit dem Gedanken gespielt, dass diese Dorothee vielleicht die Tochter von Hedwig sein könnte.

Der Bach floss zuerst zwischen den beiden Dörfern, um dann nach einer Biegung das untere Dorf zu durchqueren.

Zog man auf der Karte eine Linie von einem Dorf zum anderen, so schnitt diese den Bach ungefähr an der Stelle, an der dieser kleine Parkplatz war.

Es war ein Bach, der normalerweise nicht viel Wasser führte. Das änderte sich aber schlagartig, sobald es zu regnen anfing.

Schon ein heftiges Gewitter konnte ihn anschwellen lassen. Allerdings sank er ebenso schnell wieder. Nur wenn es tagelang regnete, stieg das Wasser bis unter den Rand des tiefen Bachbordes.

Jetzt sah man deutlich am niedergedrückten Gras, dass das Wasser gestern höher gestanden hatte. Heute war es nur ungefähr einen halben Meter tief und floss so klar, dass man bis auf den Grund sah.

Bachmann turnte am unebenen Ufer herum und suchte das Wasser nach dem Handy ab.

Er hatte einige Meter oberhalb der Stelle, an der das Täschchen gefunden worden war, angefangen.

Er ging davon aus, dass beides weggeworfen worden war und zwar in dieselbe Richtung.

Wenn der Täter mit einem Auto gekommen war, hatte er es dort auf dem Parkplatz abgestellt.

Wegen dem Regen war er sicher nicht weit weggegangen, sondern hatte die Sachen von dort aus geworfen.

Das erklärte, weshalb das Täschchen im Gebüsch hängen geblieben war. Später war es, wahrscheinlich durch den Regen, abgerutscht und zu Boden gefallen.

Das Handy war aber kleiner und glatt. Das verfing sich nicht in den Zweigen, sofern es nicht direkt gegen einen Ast prallte. Folglich flog es auch weiter.

Langsam ging er Schritt um Schritt vorwärts. Obwohl es unwahrscheinlich war, dass es bis über den Bach geflogen war, ging ein anderer Kantonspolizist auf der gegenüberliegenden Seite auf gleicher Höhe.

Plötzlich bückte sich dieser und zog einen Gegenstand aus dem niedergedrückten Gras.

«Hast du es», rief Bachmann.

«Nein, nur ein Messer», antwortete der andere und hielt ein gebogenes Küchenmesser in die Höhe.

Bachmann war alarmiert.

«Sofort eintüten», rief er.

«Das könnte die Tatwaffe sein.»

Sie mussten noch eine halbe Stunde weitersuchen, bis Bachmann das Handy etwa zweihundert Meter weiter unten fand. Es lag im Wasser und war offenbar von der Strömung, die gestern stärker gewesen war, fortgeschwemmt worden.

An der Stelle lagen nahe am Ufer einige grosse Steine und dort hatte es sich festgeklemmt.

Bachmann zweifelte, ob es noch brauchbare Daten liefern konnte, das mussten die Spezialisten der Spurensicherung entscheiden.

Beim Mittagessen, sprach Silvia den Ausflug zum See an.

Die Jungen wirkten unsicher.

«Ich habe mit Jonas abgemacht», erklärte Markus.

«Ich wollte eine Tiersendung sehen», sagte Johannes.

«Mir passt es auch nicht», warf ihr Vater überraschend ein.

Silvia schaute in die Runde.

«Gut», sagte sie dann.

«Dann nehme ich den Wagen und mache Besorgungen.»

«Schon wieder», murrte ihr Vater nun doch.

«Du warst doch heute Morgen einkaufen.»

«Ja, Lebensmittel», bestätigte sie.

«Ich brauche auch mal etwas Neues zum Anziehen.»

Damit stand sie auf und begann abzuräumen.

Die Kriminalbeamten hatten gerade beschlossen zum Essen zu gehen, als Bachmann anrief und über seine Fundstücke berichtete.

Hunziker informierte ihn darüber, was der Gerichtsmediziner herausgefunden hatte, insbesondere über den Tatzeitpunkt, und bestätigte ihm, dass seine Beschreibung des Messers sich mit der Vermutung des Arztes deckte.

Er wies ihn an, beides gleich dem Kollegen vom technischen Dienst in der Wohnung der Toten abzugeben.

Dann verabredeten sie sich zum Mittagessen im Adler.

Sie kamen kurz hintereinander an. Bachmann teilte ihnen mit, dass der Techniker wegen dem Zustand des Handys auch Bedenken hatte. Hingegen hoffte er Spuren von Blut am Messer zu finden.

Nachdem sie bestellt hatten, diskutierten sie den Tathergang. Dabei gab es zwei zentrale Fragen.

Erstens: Was wollte Hedwig Berner um diese Zeit und bei dieser Wetterlage auf der Bank?

Zweitens: Wieso warf der Täter die Beweisstücke erst am Bach unten weg?

«Versuchen wir doch mal den Ablauf aus Sicht der Toten zu betrachten», schlug Hunziker vor.

«Ich mache meine Arbeit, komme nach Hause und beschliesse, ein bisschen spazieren zu gehen.»

«Schon falsch», warf Küenzler ein.

«Sie hat die Tasche, ich meine ihre Diensttasche, entgegen ihrer Gewohnheit im Auto gelassen.»

«Sie war in Eile», folgerte Bachmann.

«Also wollte sie dorthin und zwar zu einem bestimmten Zeitpunkt. Sie hatte eine Verabredung», stimmte ihm Hunziker zu.

«Mit ihrem Mörder», bekräftigte Küenzler.

Hunziker machte eine wage Bewegung mit Kopf und Hand.

«Lassen wir das vorerst offen.»

«Wenn ich so in Eile bin, dass ich keine Zeit mehr habe, die mir wichtige Diensttasche in die Wohnung zu bringen, wieso gehe ich dann zu Fuss?», fragte Küenzler.

«Ich meine, das dauert doch nur ein paar Minuten.

Wenn ich dich richtig verstanden habe,...», wandte er sich an Bachmann,

«...hätte sie die Zeit doch längstens wieder eingeholt, wenn sie mit dem Wagen zu diesem Parkplatz gefahren wäre.»

Bachmann nickte bestätigend.

Sie wurden kurz unterbrochen, als die Bedienung das Essen brachte.

«Das stimmt, aber der ist wirklich nicht gut zu sehen. Vielleicht kannte sie ihn nicht», erklärte er, als sie wieder ungestört waren.

Sie wünschten sich einen guten Appetit und begannen zu essen.

«Was immer der Grund ist, ich gehe zu Fuss», spann Hunziker den Faden fort.

«Ausserdem ist es kein dienstlicher Auftrag.»

«Bei der abgelegenen Bank?», schaute ihn Künzler belustigt an.

«Egal. Vielleicht war der Treffpunkt gar nicht die Bank», liess sich sein Kollege nicht beirren.

«Ich bin also privat und zu Fuss zu einem Termin unterwegs und ziemlich spät dran.»

«Wie müssen rauskriegen, wer ihr letzter Patient war und wann sie diesen verliess», warf Bachmann ein.

«Ich kann das übernehmen.»

Hunziker bedankte sich.

«Die nächste Frage ist: Hat sie den Termin noch rechtzeitig erreicht oder ist sie vorher ermordet worden?», fuhr er fort.

Küenzler schaute etwas verwundert drein.

«Heute sprichst du aber in Rätseln.»

Bachmann verstand, was Hunziker meinte.

«Du meinst den langen Weg.»

«Genau», stimmte dieser zu.

«Kannst du herausfinden, wie lange man von der Wohnung bis zur Bank braucht und wie gut die Schwester zu Fuss war.»

Bachmann nickte.

«Nehmen wir mal an, die Schwester GLAUBT nur, sie sei zu spät, weil sie nicht wusste, wieviel Zeit sie benötigte, um dahin zu gelangen», erklärte Hunziker.

Jetzt verstand Küenzler.

«Dann kommt sie zu dieser Bank und stellt fest, dass sie zu früh ist. Also setzt sie sich hin und wartet.»

«Das setzt allerdings auch voraus, dass es der Treffpunkt war», schränkte Hunziker zustimmend ein.

«Ich denke, jetzt kommt das Gewitter ins Spiel», sagte Bachmann.

«Genau. Wir müssen abklären, wie schnell das aufgekommen ist», nickte Hunziker.

Künzler wollte mit den Meteorologen sprechen.

«Frag auch, von welcher Seite es gekommen ist», bat Bachmann.

«Vielleicht hat der Wald ihr die Sicht auf die Wolken verdeckt.»

«Sie sollte auf jeden Fall etwas von dem Gewitter mitbekommen haben», präzisierte der Polizeileutnant.

«Es muss doch schon vorher gedonnert haben.»

«Trotzdem ist ihr die Verabredung so wichtig, dass sie bleibt», ergänzte Küenzler.

«Vielleicht hat sie gedacht, dass sie es sowieso nicht mehr nach Hause schafft», vermutete Bachmann.

«Womit wir wieder zu deiner Frage kommen», fuhr Hunziker zu Küenzler gewandt fort.

«Hatte sie eine Verabredung mit dem Mörder oder fand der sie zufällig wartend vor? Wenn das letztere der Fall war, ist die verabredete Person überhaupt noch erschienen?»

«Die musste ja auch zu Fuss kommen und hat sich vielleicht durchs Gewitter abschrecken lassen», verstand Bachmann nickend.

«Oder eben nicht, wenn es der Mörder war», stellte Hunziker fest.

«Der Mörder kam mit dem Auto», behauptete Bachmann.

«Deshalb sind die Sachen an dem Parkplatz weggeworfen worden. Er wollte sich vor dem Gewitter in Sicherheit bringen und eilte zum Wagen.»

«Wie lange brauchte er dazu?»

«Mindestens zehn Minuten.»

«Dann ist es sehr wahrscheinlich, dass er nass geworden ist», sagte Hunziker, die Angaben des Gerichtsmediziners berücksichtigend.

«Wenn der Mörder nicht die verabredete Person war, könnte es doch Raubmord gewesen sein», kehrte Küenzler zu seiner Lieblingstheorie zurück.

Sie riefen die Bedienung, um zu zahlen.

«Wir brauchen die Verbindungsnachweise von Festnetz und Handy», sagte Hunziker, als sie hinausgingen.

«Irgendwie muss sie sich ja verabredet haben.»

Da es im Hügeldorf im Moment nichts mehr für die Kriminalbeamten zu tun gab, beschlossen sie in ihr eigenes Büro in der Grossstadt zurückzukehren.

Dabei machten sie noch einen Umweg über den Tatort, um sich das Ganze noch bei vollem Tageslicht im Sonnenschein anzusehen.

Sie fuhren nur bis zu der Stelle, die schon Bachmann am Morgen benutzt hatte, weil man dort gut wenden konnte.

Sie setzten sich auf die Bank und stellten fest, dass dahinter nur lichter Wald war. Theoretisch konnte man sich unbemerkt anschleichen, vor allem, wenn ein Donnergrollen das Knacken der Zweige überdeckte.

Sie hielten sich dort mit Hin- und Rückweg ungefähr zwanzig Minuten auf. Während dieser Zeit kam niemand vorbei.

Wenn man auf dem Weg stand, sah man weiter weg den Feldweg, der zum Parkplatz führte. Da spielte eine Frau mit ihrem Hund, in dem sie einen Ball warf, dem jener nachsauste. Sie war aber so weit entfernt, dass man ihr Gesicht nicht erkennen konnte.

Trat man zu der Bank, sah man noch weniger, konnte allerdings auch nicht gesehen werden.

Beim Auto gestand Küenzler, dass er doch nicht mehr an einen Raubmord glaubte.

Zumindest nicht an einen zufälligen.

«Hat der Täter es allerdings gezielt auf die Schwester abgesehen, hat er den Tatort perfekt gewählt», knurrte er.

«Es bedeutet erstens, dass die Schwester ihm vertraut hat», bestätigte Hunziker.

«Zweitens hatten beide grosse Ortskenntnis, sonst hätten sie den Standort der Bank nicht gekannt.»

«Es genügt, dass der Täter ihn gekannt hat, er konnte ihn der Schwester ja beschreiben», korrigierte ihn sein Kollege.

«Stimmt», gab Hunziker zu.

«Womit nur liess sie sich an einen so einsamen Ort locken?»

«Erpressung», schlug Küenzler vor.

Hunziker zögerte.

«Passt irgendwie nicht zum Bild, das ich mir von der Schwester mache», entgegnete er.

«Komm fahren wir. Hier gibt es doch nichts mehr zu sehen.»

Bachmann setzte sich mit dem Pflegedienst in Verbindung und nach einigem Hin- und Her erfuhr er den letzten Patienten den Schwester Hedwig gestern aufsuchen wollte.

Er rief dort an und erfuhr, dass sie diesen kurz vor sechzehn Uhr verlassen hatte und sehr in Eile gewesen war.

«Warum fragen Sie die Schwester nicht selbst?», wollte der alte Mann wissen.

Bachmann hatte nicht mehr daran gedacht, dass dieser vom Tod der Schwester noch gar nichts wusste.

«Äh, wir müssen nur etwas überprüfen. Routine», sagte er und verabschiedete sich schnell.

Die Todesnachricht erfuhr der Patient beim nächsten Besuch von der Vertretung noch früh genug.

Dann parkte der Polizeiwachtmeister seinen Wagen vor dem Haus, in dem Hedwig gewohnt hatte. Der Wagen der Spurensicherung war nicht mehr da.

Bachmann hatte sich eine Karte ausgedruckt und ging nun zügigen Schrittes den kürzesten Weg vom Haus zu der Bank.

Er brauchte dreiundzwanzig Minuten. Dabei wurde ihm recht warm.

Auf dem Rückweg schlug er deshalb ein langsameres Tempo an. Die Schwester war achtundfünfzig Jahre alt gewesen. Selbst wenn sie sich beeilt hatte, konnte sie in der drückenden Hitze vor dem Gewitter nicht schneller gehen als er.

Nach siebenundzwanzig Minuten stand er wieder vor dem Haus.

Er nahm seinen Notizblock und schrieb die Zeiten auf.

Etwa sechzehn Uhr vom Patienten weg, fünf Minuten nach Hause, fünfundzwanzig Minuten zur Bank machte sechzehn Uhr dreissig. Plus minus fünf Minuten.

Der Mörder hatte aller höchstens eine Viertelstunde Zeit gehabt. Dann war das Gewitter losgebrochen.

Nie und nimmer glaubte Bachmann an einen Zufall. Die Schwester hatte sich mit ihrem Mörder verabredet.

Andreas Beckmann hatte sich gestern bei diesem Herumstehen erkältet. Ausserdem hatte er schlecht geschlafen und von der Toten geträumt.

So fühlte er sich gerädert, als am Morgen der Wecker klingelte.

Er war eigentlich nie krank. Wer bei Wind und Wetter joggen ging, war abgehärtet.

Aber heute beschloss er, zu Hause zu bleiben. Er rief in der Firma an und sagte, dass er sich nicht wohl fühle. Er würde gerne einen Tag der Arbeit fernbleiben und sich auskurieren. Weil er sonst nie fehlte, wurde ihm sofort geglaubt. Der Chef gab ihm noch gute Ratschläge, wie Tee trinken und Aspirin schlucken und wünschte ihm gute Besserung.

Jetzt am Tag war das schreckliche Erlebnis erträglicher und Andreas schlief nochmals tief und fest bis kurz vor Mittag. Er machte sich etwas Kleines zu Essen und spürte, dass die Erkältung schon nachliess. Wenigstens bekomme ich keine Grippe, diagnostizierte er und nahm sich ein Buch. Er legte sich aufs Sofa und las.

Nach ein paar Seiten merkte er, dass er den Text nicht richtig aufnahm. Im Hinterkopf kreisten seine Gedanken um die Tote auf der Bank. Gestern war er zu aufgeregt gewesen. Er hatte auch nur einen Blick in ihr Gesicht geworfen. Jetzt hatte er das Gefühl sie zu kennen.

Sie trug eine Schwesterntracht. Er war einmal einen Tage im Krankenhaus gewesen, als er beim Joggen so unglücklich über eine Baumwurzel gestolpert war, dass er sich ein Bein brach. Ein Passant hatte den Krankenwagen gerufen und in der Klinik wurde sein Bein gegipst. Der Arzt wollte ihn eine Nacht dabehalten, falls es noch Komplikationen gäbe.

Er durchforstete sein Gedächtnis. Nein keine der Schwestern konnte die Tote sein. Falls er sich nicht täuschte, war sie mindestens zwanzig Jahre älter, als diejenigen, die ihn damals betreut hatten.

Trotzdem es musste mit dem Unfall zusammenhängen. Der Stock, fiel es ihm wieder ein.

Er musste sich eine Gehhilfe besorgen und die Gemeindeschwester hatte ihm einen Stock ins Krankenhaus gebracht. Sie hatte ihm angeboten, ihn auch gleich nach Hause zu bringen. Er erinnerte sich zuerst nicht an ihren Namen, aber sie war sehr nett gewesen. Er hatte sie dann noch einmal gesehen, als er den Stock zurückgab.

Natürlich, Schwester Hedwig, kam es ihm jetzt plötzlich in den Sinn.

Und jetzt war sie tot. Nun tat sie ihm wirklich leid. Ob er etwas hätte verhindern können, wenn er früher joggen gegangen wäre?

Wohl kaum. Aber es beschlich ihn ein mulmiges Gefühl, wenn er an seine Joggingrunde dachte. Das ist wohl so, wie wenn ein Skispringer stürzt und dann das nächste Mal wieder oben steht, stellte er sich vor. Aber man muss es wieder tun, wenn man den Schreck besiegen will.

Du musst joggen gehen, sagte er sich. Und zwar an der Bank vorbei.

Er machte sich einen Kaffee und löste ein Kreuzworträtsel. Dann zog er sich um. Auch dabei trödelte er. Unbewusst zögerte er den Moment hinaus, in dem er losging. Denn, wenn er einmal joggte, würde er unwillkürlich in sein gewohntes Tempo verfallen. Dann würde er in zwanzig Minuten die Bank passieren und das machte ihm Angst.

Endlich gab es nichts mehr zu tun. Er war umgezogen und hatte seine Laufschuhe an. Er steckte seine Trinkflasche und das Handy ein und verliess das Haus.

Als er sich der Abzweigung näherte wurde er langsamer und blieb schliesslich stehen. Gestern hatte er zum Bach gewollt und war dann umgekehrt. Wäre ich doch weitergelaufen, wünschte er sich. Auch jetzt zögerte er. Er musste ja nicht an der Bank vorbei, diese Strecke nahm er sowieso selten. Würde er sie eben in Zukunft ganz weglassen.

Sei kein Feigling, sagte er sich. Du läufst jetzt da vorbei. Also lief er wieder los.

Er konzentrierte sich auf den Weg. Einmal glaubte er

eine Bewegung wahrzunehmen. Vielleicht ein Tier, das in den Wald floh.

Da er nur auf den Boden sah, merkte er nicht, wie weit er schon gelaufen war. Doch dann wich das Gebüsch zurück. Das muss die Nische mit der Bank sein.

Er wollte schon vorbeilaufen, als er sie sah.

Sie lag auf dem Boden und stöhnte. An ihrer linken Seite blutete sie.

«Hilfe!», sagte sie schwach.

Ohne nachzudenken, wählte Andreas die Nummer der Polizei.

«Schicken Sie einen Krankenwagen. Da ist eine schwerverletzte Person. An derselben Stelle wie gestern die Tote. Bitte schnell.»

Dann beugte er sich zu ihr hinunter. Er wollte ihr etwas Wasser zu trinken geben, aber sie war bewusstlos geworden. Er presste die Hand auf die Wunde. Vielleicht konnte er die Blutung stoppen. Hoffentlich kommt der Krankenwagen noch rechtzeitig, dachte er verzweifelt.

Die Zentrale funkte Bachmann an, der auf dem Weg zum Polizeiposten war. Er antwortete.

«Wo bist du gerade?», fragte der Kollege.

Bachmann sagte es ihm.

«Da ist ein Notruf eingegangen. Schwerverletzte Person an der Stelle, an der die Tote gefunden wurde. Funk bitte den Krankenwagen an und lotse sie hin. Die haben keine Ahnung, wo das ist.»

Bachmann bestätigte und nahm den Kontakt mit dem Ambulanzauto auf.

Er selbst drehte ebenfalls um und schaltete das Blaulicht ein. Nachdem der Fahrer des Krankenwagens den Zufahrtsweg gefunden hatte, rief Bachmann die Zentrale.

«Wer hat den Notfall gemeldet?»

«Andreas Beckmann»

Das erklärte, wieso die Umstände des Ortes so genau umschrieben worden waren. Bachmann fluchte. Er hatte erst eine gute Stunde vorher selbst vor der Bank gestanden. Und jetzt sollte dort eine Verletzte liegen und Beckmann war auch wieder an der Stelle. Er hatte doch gestern angegeben, dass er höchst selten da vorbeikam.

Bachmann wollte den Rückweg des Ambulanzfahrzeugs nicht blockieren und stellte den Wagen in die Nische für den Holzschlag. Dann eilte er zur Bank. Ein Arzt und ein Sanitäter kümmerten sich um eine etwa dreissigjährige Frau. Sie hatten eine Infusion gelegt und versuchten eine Blutung an einer seitlichen Wunde zu stoppen. Beckmann kniete ein paar Meter entfernt und bemühte sich mit einem Papiertaschentuch Blut von den Händen zu wischen, aber es gelang ihm nicht ganz.

«Was ist passiert?»

«Sie hat eine Stichverletzung in der Seite und ziemlich viel Blut verloren. Sobald wir sie transportieren können, muss sie operiert werden.»

«Wer ist sie?»

«Keine Ahnung. Es gibt keine Handtasche. Falls sie etwas in ihren Taschen hat, wird man es im Krankenhaus finden. Danach zu suchen, haben wir jetzt keine Zeit.»

Der Arzt hatte einen Druckverband angelegt und wies den Sanitäter an, die Bahre zu holen.

Es war gar nicht so einfach die Frau hineinzulegen und auf dem holprigen Feldweg zum Auto zu bringen.

«Wo bringt ihr sie hin?»

Der Arzt nannte die Klinik, in der Bachmann Hedwigs Namen erfahren hatte. Diese war vom Hügeldorf aus schneller erreichbar, als diejenige der anderen Kleinstadt.

«Ist der Weg frei?», fragte der Sanitäter, bevor er hinters Steuer rutschte.

Bachmann nickte und der Wagen fuhr mit Blaulicht rückwärts ab.

Jetzt hatte der Wachtmeister endlich Zeit, sich um Beckmann zu kümmern. Dieser sass immer noch auf dem Boden und starrte seine Hände an.

«Ich habe versucht das Blut zu stillen», murmelte er.

Bachmann deutete auf die Trinkflasche.

«Soll ich ihnen helfen.»

Beckmann nickte dankbar und der Polizist goss etwas Wasser über die Hände und auf das Taschentuch.

Während der Jogger sich reinigte, sah sich Bachmann um.

Keine Handtasche. Er hatte einen professionellen Blick auf die Verletzte geworfen. Das war weder eine Joggerin noch eine Wanderin. Sie hatte ausgesehen, als ob sie direkt aus dem Büro gekommen wäre.

Sie hatte lediglich Halbschuhe getragen, aber von der modischen Sorte. Vielleicht ein Zugeständnis an den Feldweg. Er konnte sie sich auch gut mit hohen Absätzen vorstellen. So jemand ging nicht ohne Handtasche weg.

«Haben Sie eine Handtasche gesehen?», wandte er sich an Beckmann, der sich inzwischen erhoben hatte.

Dieser sah sich um, als ob er gerade eingetroffen wäre.

«Nein, ich hatte aber auch keine Zeit.»

«Erzählen Sie mal, was passiert ist.»

Beckmann stotterte los, wie er den Schock überwinden wollte und deshalb nochmals diesen Weg gewählt hatte.

«Ich wollte die Bank eigentlich nicht sehen», gestand er errötend seine Angst ein.

«Ich konzentrierte mich auf den Weg. Nur weil da kein Gebüsch ist, wusste ich, dass es die Stelle war.»

Beckmann zögerte. Warum hatte er eigentlich hingesehen?

«Ich weiss nicht, vielleicht hat sie gestöhnt. Da war sie nämlich noch bei Bewusstsein. Jedenfalls habe ich den Kopf gedreht und sie gesehen.»

Wieder dachte er einen Moment nach.

«Stimmt, sie hat «Hilfe» gesagt. Aber ziemlich leise, danach ist sie ohnmächtig geworden.»

Er zuckte die Schultern.

«Ich habe automatisch gehandelt. Die Polizei angerufen und um einen Krankenwagen gebeten.»

«Und gehofft, dass der noch rechtzeitig kommt», fügte er nach einer kurzen Pause hinzu.

Ich hätte mich erkundigen sollen, wie lange die Tat her ist, dachte Bachmann. Nun das konnte man nachholen. Das Leben der Frau hatte Vorrang.

«Soll ich suchen helfen», bot Beckmann an und riss den Wachtmeister aus seinen Überlegungen.

«Bloss nicht», wehrte der ab und griff zum Handy.

Er rief Hunziker an. Der staunte nicht schlecht, als er von der zweiten Tat erfuhr.

«Wir sind nach dem Essen noch dort gewesen. Ich

wollte das mal bei Tageslicht sehen. Da war weit und breit niemand.»

«Ich war auch eine Stunde vorher da», erklärte Bachmann.

«Ich habe die Zeit gestoppt. Vom Haus der Schwester zur Bank. Da war ebenfalls keiner zu sehen. Es fehlt wieder die Handtasche. Schickst du die Spurensicherung.»

«Mach ich», sagte Hunziker.

«Wer hat diesmal die Verletzte gefunden?»

«Wieder Beckmann», sagte der Wachtmeister mit einem unguten Gefühl.

Hunziker bat ihn um einen Augenblick Geduld. Er erzählte Künzler die Neuigkeit.

«Mit dem sollten wir uns unterhalten», meinte dieser.

Hunziker nickte.

«Wir kommen auch», informierte er Bachmann.

«Halt ihn so lange fest. Wir wollen mit ihm sprechen.»

Bachmann wusste, dass es mehr als eine halbe Stunde dauern würde, bis die Kollegen aus der Stadt eintreffen würden. Die Bank war tabu. Herumstehen wollte er jedoch auch nicht.

«Begleiten Sie mich zum Auto», bat er den Jogger.

Der ging bereitwillig mit. Unterwegs machten sie etwas Small Talk.

Bei der Lücke angekommen, bat Bachmann seinen Begleiter ins Auto zu steigen und mit ihm zur Bank zurückzufahren. Dieser ging um den Wagen herum und blieb plötzlich stehen.

«Da liegt eine Tasche», rief er und bückte sich.

«Nicht anfassen», sagte der Polizist, aber es war schon zu spät.

Beckmann hatte die braune Damenhandtasche schon aufgehoben und streckte sie Bachmann hin.

Dieser nahm eine Plastiktüte aus dem Wagen und wies ihn an, sie hineinfallen zu lassen.

Dann stiegen sie ein und legten den kurzen Weg zum Tatort zurück.

Bachmann war verärgert. Hoffentlich hatte der Jogger keine Fingerabdrücke des Täters verwischt. Beckmann spürte die Verstimmung. Er hatte es doch nur gut gemeint.

Plötzlich fiel ihm die Bewegung ein. Das war womöglich gar kein Tier gewesen. Er müsste die Strecke nochmals gehen, um zu wissen, wo genau die Stelle war. Er glaubte jedoch, dass sie ungefähr auf Höhe dieser Einfahrt lag. Dort konnte man ja auch ungehindert in den Wald eindringen.

Trotz seiner Wut, spürte der Wachtmeister, dass Beckmann etwas beschäftigte.

«Woran denken Sie?»

«Ich glaube, da war jemand», druckste der Jogger herum.

«Ich habe ihn nicht richtig gesehen, glaube zumindest, dass jemand vor mir in den Wald ausgewichen ist. Kann aber auch ein Tier gewesen sein. Hier hat es ja Rehe.»

Bachmann seufzte und liess sich die Situation schildern.

«Soll ich versuchen die Stelle zu finden?», fragte Beckmann zum Schluss.

Bachmann schüttelte den Kopf. Das konnten die Kollegen machen, wenn sie es für nötig hielten.

Für ihn war es klar, dass es sich um den Täter gehandelt hatte und wo der sich verdrückt hatte. Und natürlich gab es wieder einmal einen Zeugen, der nichts gesehen hatte. Es war zum verrückt werden.

Es dauerte vierzig Minuten bis kurz hintereinander Küenzlers Auto und der Wagen der Spurensicherung eintrafen. Für die Kriminalbeamten gab es ausser dem Blutfleck im Gras nichts mehr zu sehen. Der Techniker machte sich sofort an die Arbeit.

«Sie hat also nicht auf der Bank gesessen», wunderte sich Küenzler.

«Wäre ich nicht so sicher», brummte Bachmann.

«Also nimm dir auch die Bank vor», wies jener den Kollegen vom technischen Dienst an.

Beckmann war ebenfalls ausgestiegen. Hunziker stellte sich vor.

«Dort ist Polizeiwachtmeister Küenzler», zeigte er auf den anderen Beamten in Zivil.

«Wir bearbeiten den Todesfall von gestern.»

Beckmann nickte.

«Nun erzählen Sie mal was seit gestern Mittag passiert ist», forderte Hunziker ihn auf.

«Seit gestern Mittag?», wunderte sich der Jogger.

«Ja, genau. Ich möchte die Geschichte von Anfang an hören.»

Beckmann fing an. Er schilderte wie er von der Arbeit nach Hause gekommen war.

«Wann war das?», unterbrach ihn Hunziker.

«Wie immer. Ich habe nicht auf die Uhr gesehen, es wird so kurz nach vier Uhr gewesen sein.»

Beckmann stockte. Gestern war er doch früher gegangen, fiel ihm ein.

«Nein, warten Sie, dass war etwas früher, vor vier Uhr. Ich habe mich noch geärgert, weil ich dachte, jetzt hast du mal Zeit zum Joggen und da kommt das blöde Gewitter.»

«Das ist interessant», warf der Polizeileutnant ein.

«Man konnte das Gewitter also sehen. Von wo kam es denn her?»

Beckmann deutete auf den Wald.

«Von dort hinten. Entweder kommen sie von da oder von Nordwesten», wies er genau entgegengesetzt.

«Aber gestern hat es sich über dem Glarnerland zusammengebraut.»

Das deckte sich mit den Informationen die Küenzler von offizieller Seite bekommen hatte.

«Den Regen fürchte ich nicht, aber wenn es blitzt, bin ich nicht gerne draussen», erklärte der Jogger.

«Also habe ich das ganze abgewartet und bin später joggen gegangen.»

«Wieviel später?»

Beckmann überlegte. Er hatte das eigentliche Unwetter vorüberziehen lassen und, als er bemerkte, dass der Regen eine Weile anhalten würde, beschlossen etwas Leichtes zu Essen.

Das hatte mindestens zwei Stunden gedauert.

«Etwa sieben Uhr.»

«Während dessen waren Sie zu Hause?»

«Ja, natürlich.»

Beckmann runzelte die Stirne. Worauf wollte der Polizist hinaus?

«Kann das jemand bezeugen?»

Jetzt verstand der Jogger. Die wollten ein Alibi.

«Hören Sie, ich habe mit der Sache, den Dingen hier, nichts zu tun», empörte er sich.

«Ich bin zweimal zufällig hier vorbeigekommen. Sollte ich die junge Frau einfach verbluten lassen? Und jetzt fragen Sie nach meinem Alibi. Das ist wirklich die Höhe», regte er sich auf.

Er drehte sich um und wollte schon davongehen, aber Bachmann trat ihm in den Weg.

«Nun beruhigen Sie sich wieder», beschwichtigte er.

«Das sind Routinefragen. Wir müssen alle Zeitangaben überprüfen. Manchmal irren sich Zeugen, aber wenn es jemand bestätigen kann, können wir einen genauen Zeitplan aufstellen. Das ist sehr wichtig!», betonte er noch.

Beckmann sah unsicher zwischen den Beamten hin und her. Schliesslich atmete er tief durch.

«Ich lebe allein. Ob mich jemand weggehen sah, weiss ich nicht. Ich pflege mich nicht von den Nachbarn zu verabschieden», brummte er immer noch ungehalten.

Hunziker unterdrückte ein Lächeln.

«Okay, sie sind also um sieben Uhr losgejoggt», kehrte er ruhig zum Ablauf zurück.

Beckmann nickte. Dann schilderte er, wie er sich an der Abzweigung für diesen Weg entschieden und die Tote gefunden hatte.

«Das habe ich alles dem Wachtmeister schon gestern erzählt», fügte er hinzu.

«Gut», überging der Polizeileutnant den Einwand.

«Kommen wir zu heute. Sie waren wieder bei der Arbeit nehme ich an. Wann sind Sie nach Hause gekommen?»

Beckmann hätte am liebsten den einfacheren Weg der

Lüge genommen, aber die Beamten wollten das ja überprüfen. Seine Flunkerei würde also nicht standhalten.

«Ich bin heute zu Hause geblieben», seufzte er, in den sauren Apfel beissend.

«Wieso das?»

Er schilderte seine unruhige Nacht, die Erkältung und seinen Entschluss den Schreck zu überwinden. Wie er dann die junge Frau gefunden hatte. Dass er die Polizei verständigt und die Ambulanz angefordert hatte. Er verkniff sich den Hinweis, dass er das alles schon dem Kantonspolizisten erzählt hatte.

«Zuerst war der Krankenwagen da. Die haben die Verletzte sofort versorgt. Infusion und Verband und so. Dann kam er...», auf Bachmann deutend,

«...und inzwischen hatten die Sanitäter die Frau so weit, dass sie ins Krankenhaus fahren konnten. Den Rest kennen Sie ja.»

Beckmann hatte keine Lust mehr, noch weiter Schilderungen abzugeben. Da war man hilfsbereit und rettete, hoffentlich, Leben und wurde als Dank wie ein Verbrecher behandelt.

Die Polizisten spürten den Stimmungsumschwung. Bachmann schaltete sich ein.

«Wir sind zum Wagen gegangen, ich habe dort vorne parkiert, um den Weg nicht zu blockieren. Dabei haben wir dann die Handtasche gefunden.

Da müssten Sie auch noch nachschauen», wandte er sich an den Techniker und erklärte, wo sich die Stelle befand.

«Habt ihr Fotos gemacht vom Fundort?», wollte Küenzler wissen.

Bachmann verneinte und erläuterte, wieso er nicht dazugekommen war.

Beckmann fühlte sich schon wieder schuldig. Er schwor sich, nie mehr mit der Polizei zusammenarbeiten zu wollen. Egal wer sich in Zukunft tot oder noch lebend, und dann in welchem Zustand, vor ihm auf dem Weg befand, er würde einfach einen Bogen darum machen.

Unterdessen hatte der Kantonspolizist dem Spurensicherer die Tasche übergeben.

«Ich habe sie nicht aufgemacht», erklärte er.

«Wir wissen nicht, wie die Frau heisst, könnten Sie nachsehen.»

Der breitete einfach Plastik auf dem Boden aus und entleerte die Handtasche darauf. Es befand sich der übliche Krimskrams, den Damen so mit sich führen, darin. Allerdings keine Kosmetik ausser einem Pomaden-Lippenstift. Ausserdem fehlte das Handy. Dafür lagen da Haus- und Autoschlüssel. Im Portemonnaie steckten neben etwa hundert Franken in Noten, auch die Identitätskarte und ein Führerschein. Beides lautete auf Dorothee Schär.

Als Silvia das Auto in der Garage abgestellt hatte, sah sie ihren Vater auf der Terrasse sitzen. Sie wollte mit kurzem Gruss an ihm vorbei.

«Nichts gefunden?», fragte er.

Sie blieb einen Moment unsicher stehen.

«Was hast du gesagt?»

«Du hast ja gar keine Einkaufstüte dabei. Hast du nichts gefunden?», wiederholte er.

«Zum Anziehen»

Silvia schüttelte den Kopf.

«Nein, entweder gefiel es mir nicht oder meine Grösse war nicht vorrätig», erklärte sie und ging ins Haus.

Sie zog sich aus und stellte sich unter die Dusche. Dann wählte sie die übliche Hauskleidung und begab sich in die Küche.

Jakob kam gerade heim und sie begrüssten sich.

«Ich bin mit dem Essen gleich fertig», sagte sie zu ihm.

«Du riechst aber gut, wie frisch geduscht», stellte er fest.

«Ich war in der Kleinstadt und habe ein paar Kleidergeschäfte abgeklappert, aber nichts gefunden. Das Auto stand an der Sonne und es war wie in der Sauna, da musste ich mich abkühlen», lachte sie.

«Deshalb bin ich auch etwas später dran.»

«Macht doch nichts», beschwichtigte Jakob.

«Ich schau mal schnell bei den Jungen rein.»

Hoffentlich ist Markus schon zurück, dachte sie. Wo ist eigentlich Johannes? Der Fernseher war ausgeschaltet, also hatte er sich die Tiersendung entweder nicht angeschaut oder sie war schon zu Ende.

Du musst dich wirklich mehr um deine Söhne kümmern, nahm sie sich vor. Vater hatte schon Recht. Sie konnte nicht ganze Nachmittage auswärts verbummeln. Sie hatte eine Familie zu versorgen.

Jakob kam mit den Jungen die Treppe herunter. Johannes erzählte etwas von Störchen, die in den Süden flogen, also hatte er die Sendung doch gesehen.

Silvia atmete auf. Alles war in bester Ordnung.

Nachdem der Techniker die Bombe hatte platzen lassen, war es einen Moment still geworden. Die drei Polizisten schauten einander verblüfft an. Dann fluchte Küenzler halblaut vor sich hin. «Das darf doch nicht wahr sein», murmelte Hunziker ungläubig.

Bachmann schüttelte nur stumm den Kopf.

«Kennt ihr die Dame?», erkundigte sich der Techniker.

Hunziker gab Bachmann einen Wink und deutete auf den Jogger und den Wagen.

«Setzen Sie sich doch noch einen Augenblick ins Auto», bat der Wachtmeister diesen und begleitete ihn zum Streifenwagen.

«Wir werden noch einige Fragen haben. Aber zuerst müssen wir uns um die Personalien der Frau kümmern.»

Wieder beschlich Beckmann ein ungutes Gefühl. Er wäre gern nach Hause gegangen. Ausserdem hatte er Durst und langsam meldete sich auch der Hunger. Schliesslich hatte er heute noch nicht richtig gegessen.

Die beiden Kriminalbeamten hatten gewartet, bis Bachmann wieder bei ihnen war.

«Du hast die Frau doch noch gesehen», begann Hunziker.

«Wie wirkte sie auf dich?»

«Eine junge Geschäftsfrau», wurde sie vom Wachtmeister beschrieben.

«Unauffällig elegant gekleidet. Sie trug modische Halbschuhe. Ich hätte sie nicht unbedingt hier erwartet. Eher in der Kleinstadt, in einem Kaffee der Fussgängerzone.»

«Glaubt noch jemand an einen Zufall», fragte Hunziker rhetorisch.

Er erntete nur Kopfschütteln.

«Beide Male ungefähr die gleiche Tatzeit», informierte Bachmann und erläuterte seine Berechnungen.

«Beide Male wird das Opfer vom selben Jogger gefunden», knurrte Küenzler und warf einen Blick zum Auto.

«Das kann Zufall sein», warf sein Kollege ein.

«Zumal er den Täter eventuell gesehen hat», erinnerte Bachmann.

«Sagt er. Müssen wir das glauben?», erkundigte sich Küenzler.

«Ich glaube ihm», zögerte der Wachtmeister.

Hunziker zuckte unschlüssig mit den Schultern.

«Mich interessiert im Moment mehr, womit die beiden Opfer hierher gelockt wurden.»

«Der Täter muss sich unheimlich sicher sein. Da bringt er das erste Opfer um und bestellt das zweite einfach am anderen Tag an den Tatort», empörte sich Küenzler.

«Das ist doch die Höhe der Frechheit. Und das zweite kommt auch noch.»

«Wieso nicht», warf Bachmann ein.

«Der Mord dürfte noch nicht publik geworden sein. Gestern Abend hat es wohl niemand richtig mitbekommen. Wir hatten ja keine Gaffer. Für die Zeitungen war es auch zu spät und den Leuten gegenüber, mit denen ich gesprochen habe, erwähnte ich einen Unfall.»

Hunziker nickte.

«Und diese Dorothee haben wir nicht erreicht.»

Beckmann hatte endgültig genug. Er liess sich doch nicht wie einen Schwerverbrecher behandeln. Jetzt sass er hier schon fast zwei Stunden fest.

Er stieg aus dem Auto. Die Tür liess er angelehnt. Die Polizisten waren in eine angeregte Diskussion vertieft. Vorhin hatte der eine Kriminalbeamte zu ihm hingeschaut, aber jetzt drehte er ihm wieder den Rücken zu. Der Techniker war zu Fuss weggegangen.

Der Jogger schlich sich langsam zum Gebüsch, blieb aber auf dem Weg. Niemand bemerkte seinen Rückzug.

Der Techniker suchte wahrscheinlich bei der Forsteinfahrt, in der er die Tasche gefunden hatte.

Beckmann wollte ihm nicht begegnen. Als er sich auf der Hälfte des Weges dorthin befand, beschloss er deshalb, ins Unterholz einzudringen. Er schlüpfte zwischen zwei Büschen durch und fand sich dahinter im lichten Wald. Das hatte er nicht erwartet. Da konnte man ihn genauso gut sehen wie auf dem Weg. Ausserdem stieg das Gelände leicht zu einem Hügel an. Nein, wenn er hier weiterging, sah es wie eine Flucht aus.

Er wollte schon wieder durch die Lücke zurück, als er am Boden etwas blinken sah. Unwillkürlich bückte er sich und nahm das Messer auf. Dann sah er Blut daran und liess es wieder fallen.

«Scheisse», entfuhr es ihm unwillkürlich.

«Was haben wir denn da?», fragte eine Stimme.

Der Techniker stand zehn Meter von ihm entfernt.

Beckmann gab auf. Erst zwei Opfer, die er «gefunden» hatte, dann die Tasche und jetzt das Messer. Selbst ihm leuchtete ein, dass er damit höchst verdächtig war.

Inzwischen hatten die Beamten das Fehlen des Joggers auch bemerkt. Er konnte nur in Richtung des Hügeldorfes verschwunden sein. Sie eilten den Weg zurück.

Da kam ihnen auch schon der Techniker mit Beckmann entgegen. Letzterer ging kleinlaut nebenher.

«Am Forstweg habe ich nichts gefunden», erklärte der Spurensicherer.

«Aber ihn...», zeigte er auf seinen Begleiter.

«...mit diesem Messer in der Hand.»

«Es lag da auf dem Boden», verteidigte sich Beckmann.

«Wo Sie nichts zu suchen hatten», knurrte Küenzler, wütend weil er sich wie ein Anfänger hatte übertölpeln lassen.

«Leg ihm Handschellen an, sonst haut er nochmals ab», wandte er sich an Bachmann.

Dieser befolgte die Anweisung, die er etwas übertrieben fand. Doch Hunziker machte keine Einwände. So verfrachteten sie Beckmann in den Streifenwagen.

Am neuen, alten Tatort gab es nichts mehr zu tun. Sie beschlossen zu Bachmanns Polizeiposten zu fahren.

Da Beckmann als Fluchtgrund Hunger und Durst angab, wurde er im Verhörzimmer zuerst verpflegt. Auch die Toilette durfte er aufsuchen.

Die Beamten nutzten die Pause ebenfalls für eigene Bedürfnisse. Während dessen wurde wie auf Vereinbarung nicht über den Fall gesprochen.

Nachdem alle gestärkt waren, begannen sie das Verhör. Beckmanns Personalien wurden offiziell aufgenommen und er wiederholte, zum dritten Mal, wie er betonte, den Ablauf der letzten beiden Tage.

Es ergaben sich keine entscheidenden Unterschiede in seiner, jetzt auf Tonband aufgenommenen Aussage.

Nur einmal horchten die Beamten auf, als Beckmann den Fund der Toten schilderte.

«…und da sah ich in die toten Augen von Schwester Hedwig», erzählte er.

«Sie kennen den Namen der Toten?», hakte Hunziker sofort nach.

«Ich hatte einmal, nein zweimal, mit ihr zu tun», erklärte er.

«Sie musste Sie pflegen?», wollte Küenzler erstaunt wissen.

Beckmann erzählte von seinem Unfall und den Gehhilfen.

«Gestern haben Sie Bachmann aber gesagt, sie sei Ihnen unbekannt», warf Hunziker ein.

«Die Geschichte ist mir erst heute Nachmittag wieder eingefallen», rechtfertigte sich Beckmann.

«Heute Nacht, als ich immer wieder das Gesicht vor mir sah, kam sie mir plötzlich bekannt vor. Es dauerte dann noch eine Weile, bis ich mich erinnerte.»

Er nahm einen tiefen Atemzug.

«Die Verletzte kenne ich aber wirklich nicht. Ich habe auch ihren Namen noch nie gehört», bekräftigte er energisch und kam damit einer möglichen Nachfrage der Beamten zuvor.

«Ich meine, bevor dieser Techniker ihn vorgelesen hat.»

«Obwohl sie im Hügeldorf wohnt?»

«So klein ist das auch wieder nicht und ziemlich verzweigt. Es gibt da Quartiere, in denen ich überhaupt niemanden kenne.»

Beckmann wurde aufgefordert in seiner Schilderung fortzufahren und er gab den Rest zu Protokoll, ohne dass etwas Neues hinzukam.

Die Beamten unterbrachen die Vernehmung und kehrten mit Bachmann in sein Büro zurück.

«Wenn wir das Motiv kennen würden, hätten wir ihn», sagte Küenzler.

«Er kannte die Bank und war beide Male am Tatort. Er hat Tasche und Messer «zufällig» gefunden und aufgehoben. Jetzt kann er sich mit den Fingerabdrücken herausreden.»

Hunziker zweifelte.

«Womit hat er die Frauen hingelockt?», kam er auf die Frage zurück, die ihn schon beschäftigt hatte, als der Jogger entwischte.

«Erpressung», antwortete Küenzler.

«Die Schwester und diese Dorothee waren ein Liebespaar. Keine wollte das publik machen.»

«Und ausgerechnet Beckmann wusste davon», entgegnete sein Kollege und schüttelte den Kopf.

«Mich stört auch, dass das Handy fehlt. Als Geschäftsfrau besitzt sie sicher eines. Bei Beckmann wurde nichts gefunden.»

«Hat er auch weggeworfen», vermutete der Polizeiwachtmeister.

«Soll ich morgen nochmals am Bach suchen?», erkundigte sich Bachmann.

«Na, ja. Wenn der Täter wie gestern vorgegangen ist, wäre das sicher sinnvoll», stimmte Hunziker zu.

«Obwohl, wenn es wieder im Wasser liegt, nützt es nicht viel. Wir kümmern uns um die Daten über den Anbieter.»

«Gestern hatten wir doch gesagt, dass der Täter mit dem Auto gekommen sein muss», blieb Küenzler stur.

«Was ist, wenn Beckmann zuerst die Schwester umbrachte und ausraubte, dann mit dem Auto nach Hause fuhr und nachher wieder losjoggte. Für die Zeit, in der er angeblich zu Hause war, hat er keine Zeugen.»

«Warum sollte er sie ausrauben, wenn er sie erpressen wollte?», wandte Bachmann ein.

«Vielleicht wollte sie nicht zahlen», entgegnete der Kriminalbeamte vage.

Bachmann hatte an seinem Computer nach Beckmanns Auto gesucht.

«Es ist kein Wagen auf den Jogger zugelassen», verkündete er.

«Somit fällt deine Theorie ins Wasser. Er wäre sicher nicht zum Bach gelaufen, wenn er ohne Auto…»

Bachmann stutze.

«Dort steht so ein kleiner Schuppen. Ist zwar verschlossen, nehme ich jedenfalls an. Aber unterstellen könnte man sich da, wenn man die wettergeschützte Seite wählt.»

«Was Beckmann sicher wusste», triumphierte Küenzler.

«Und warum kehrt er dann zum Tatort zurück?», schaltete sich Hunziker wieder ein.

«Ausserdem hatte Frau Schär doch einige Scheine bei sich. Die müsste er nach deiner Theorie auch geraubt haben.

Nein. Irgendwie traue ich ihm die beiden Taten nicht zu. Wir haben zu wenig in der Hand im Moment. Wenn er in den Telefonlisten auftaucht, holen wir ihn wieder, aber jetzt soll er nach Hause gehen.»

Bachmann erhob sich, um Beckmann die frohe Nachricht zu verkünden.

Hunziker telefonierte mit dem Krankenhaus. Dorothee Schär war operiert worden. Danach hatten die Ärzte sie in ein künstliches Koma versetzt. Eine Vernehmung war frühestens übermorgen möglich. Der Arzt versprach sich wieder zu melden.

Der Kriminalbeamte schaute im Internet Dorothees Adresse auf der Karte nach. Bevor sie in die Stadt zurückkehrten, wollte er mit Küenzler dort vorbeifahren. Vielleicht wohnte sie mit jemandem zusammen, der Auskunft geben konnte.

Das Einfamilienhaus lag verlassen da und es reagierte auch niemand, als sie läuteten. Im Garten des Nachbarhauses spielten zwei Mädchen Federball.

«Wisst ihr, wann da jemand nach Hause kommt?», fragte Hunziker über den Zaun.

Die Mädchen schauten misstrauisch zu den beiden Männern.

«Mama, kommst du mal», rief eines.

Eine Frau betrat die Veranda.

«Die Männer haben nach Frau Schär gefragt.»

«Was wollen Sie denn von ihr?», wollte die Mutter wissen und trat zum Zaun.

Hunziker zückte seinen Ausweis.

«Polizei. Frau Schär hatte einen Unfall. Wir wollten die Angehörigen verständigen.»

«Oh, das tut mir Leid für sie», sagte die Frau erschrocken.

«Aber sie hat keine Angehörigen. Sie lebt allein. Kann ich etwas für sie tun?»

«Im Augenblick nicht. Vielen Dank. Schönen Abend noch.»

Am Mittwochmorgen machte sich Bachmann auf den Weg zum Parkplatz. Ein einzelnes Auto stand da.

Der Bach hatte noch weniger Wasser als gestern und dieses war so klar, dass man bis zum Grund sah. In der Nähe des Parkplatzes entdeckte Bachmann nichts. Er zog sich vorsorglich die Stiefel an.

Dann ging er auf dieser Seite durchs Gras am Ufer entlang. Weiter unten war eine Brücke. Über die konnte er auf die andere Seite gelangen und wieder hinaufgehen.

Als er in der Brückenmitte stand schaute er zuerst bachabwärts, aber da war nichts. Er ging zum anderen Geländer und sah es tatsächlich in der Sonne blinken. Da unten lag etwas metallisches, das von der Grösse her ein Handy sein konnte.

Er rutschte das Bachufer hinunter und watete drei Schritte ins Wasser. Er fasste das Gerät mit der Plastiktüte und wartete, bis das Wasser abgelaufen war. Natürlich liess es sich nicht einschalten.

Bachmann kehrte über die Strasse, eine andere Verbindung gab es nicht auf dieser Seite des Baches, zum Parkplatz zurück und sah, dass er erwartet wurde.

Herr Wagner war mit seinem Auto eingetroffen und stand neben dem Streifenwagen. Der Schäferhund sah ihm wedelnd entgegen.

«Guten Tag Herr Wachtmeister», grüsste Wagner.

Bachmann grüsste zurück.

«Hat es gestern wieder einen Unfall gegeben? Ich habe den Krankenwagen mit Blaulicht davonfahren sehen.»

Bachmann lächelte. Er hatte gestern Abend noch einen Anruf von der Presse bekommen. Sobald Blaulicht im Spiel war, liess sich das nicht mehr so verheimlichen.

«Fragen Sie nur aus Neugier oder haben Sie eine Beobachtung gemacht?»

Der Hundebesitzer deutete auf den anderen Wagen.

«Der stand gestern Abend schon hier. Ich habe ihn aber vorher noch nie bemerkt.»

Bachmann stutzte. Er legte seine Hand auf die Motorhaube. Sie war kalt. Er sah nach dem Kennzeichen und griff zum Funk.

Die Zentrale gab als Halterin Dorothee Schär an.

Also war die junge Frau, anders als vorgestern die Schwester, mit dem Wagen gekommen.

«Standen gestern noch andere Autos hier?»

«Nein, nur dieses und meines natürlich.»

«Wissen Sie, ob man noch irgendwo in der Nähe parkieren kann?»

Wagner wirkte unsicher.

«Es tut mir leid, aber ich gehe nie weiter vom Dorf weg. Auf dieser Seite des Baches nicht, soweit ich weiss. Die andere Seite kenne ich nicht.»

Bachmann nickte. Bei der Brücke hatte er auch nichts bemerkt, sofern man den Feldweg nicht blockieren wollte, was auffallen würde und deshalb sicher nicht im Sinne des Täters war.

Das hiesse ja, dass dieser gestern zu Fuss und das Opfer mit dem Auto gekommen war, denn dass beide den Wagen auf dem Parkplatz abgestellt hatten, war unlogisch. Wieso dann noch den Weg zur Bank zurücklegen?

Bachmann bedankte sich bei Wagner und setzte sich ins Polizeiauto. Er rief Hunziker an und erzählte ihm von den Funden. Dieser wollte den Techniker vorbeischicken, damit er den Wagen untersuchen und zu Frau

Schärs Haus fahren konnte. Der Schlüssel hatte sich ja in der Handtasche befunden.

Bachmann teilte Hunziker seine Überlegungen mit. Da der Polizeileutnant auf den Lautsprecher umgeschaltet hatte, konnte Küenzler mithören.

«Beckmann konnte ja nur zu Fuss kommen», erinnerte dieser prompt.

«Und wie kommt das Handy dann in den Bach? Dazu hatte er keine Zeit», warf Bachmann ein.

«Es muss doch der Täter gewesen sein, der sich vor ihm im Wald versteckt hat.»

«Frag doch mal das Team von der Ambulanz, ob sie jemanden auf dem Weg gesehen haben?», bat Hunziker.

«Die sind von der anderen Seite gekommen. Eigentlich hätte ich jemanden sehen müssen», erwiderte der Wachtmeister.

«Da war aber niemand.»

Er seufzte.

«Es ist zum Verrückt werden. Alles spielt sich in einem so kurzem Zeitraum ab. Der Täter kann sich doch nicht in Luft aufgelöst haben.»

«Sag ich ja», meldete sich Küenzler wieder.

«Es ist Beckmann.»

Das wiederum glaubte Bachmann nicht. Es ging zeitlich nicht auf, ausser das neugefundene Handy hatte mit Fall überhaupt nichts zu tun. Es konnte irgendjemandem auf der Brücke aus der Hand gerutscht sein. Vielleicht beim Fotografieren.

Der Wachtmeister wartete bis der Techniker eintraf,

übergab ihm das Fundstück und fuhr in die Klinik der Kleinstadt.

Dort sprach er mit dem Arzt, erfuhr aber nichts Neues. Dorothee Schär hatte die Nacht den Umständen entsprechend gut überstanden und schwebte im Moment nicht mehr in Lebensgefahr.

«Es war aber sehr knapp», bestätigte der Doktor.

Bachmann fragte nach den Leuten vom Krankenwagen und wurde an die Notaufnahme verwiesen.

Der Notarzt wechselte gerade zwischen zwei Patienten, als Bachmann um die Ecke kam.

«Ein Passant?», dachte er einen Augenblick nach.

«Nein, das wäre mir auf dem schmalen Feldweg aufgefallen.»

Er zögerte einen Augenblick.

«Also auf dem Hinweg sicher nicht. Auf dem Rückweg sass ich hinten bei der Patientin und habe mich um sie gekümmert. Selbst wenn ich Zeit gehabt hätte, wäre mir wegen der Milchglasscheibe die Sicht versperrt gewesen.»

Der Sanitäter und Fahrer war ausgerufen worden und wartete bei der Anmeldung.

Bachmann stellte dieselben Fragen.

«Nein, direkt begegnet sind wir niemandem», bestätigte der Mann.

«Beim Wegfahren habe ich etwa hundert Meter entfernt einen älteren Mann mit Schäferhund gesehen. Das war aber nicht auf unserem Weg, sondern in Richtung des Baches.»

Das musste Wagner gewesen sein, dachte Bachmann.

«Der stand da, hielt den Hund fest und schaute uns nach.»

Auch der Sanitäter sann angestrengt nach.

«Ich habe mich noch gewundert, dass wir keine Gaffer hatten, aber erst bei der Rückfahrt merkte ich, wie abgelegen die Stelle ist.»

Er zögerte.

«Wenn Sie mich nicht hin gelotst hätten, ich hätte sie nicht gefunden. Ich dachte noch, hier kannst du niemanden nach dem Weg fragen. Bei der Hinfahrt meine ich natürlich.»

Wieder schüttelte er den Kopf.

«Doch, da war jemand, aber ziemlich weit weg. Eine Frau glaube ich, bin aber nicht sicher», erinnerte er sich plötzlich.

«Aber nicht auf unserem Weg und sie entfernte sich. Ich sah sie nur einen kurzen Augenblick, bevor sie verschwand.»

«Auf dem Weg zum Bach?», wunderte sich Bachmann, denn dieser war übersichtlich, bis zur Strasse.

«Nein, bei dem Maisfeld. Keine Ahnung wie man dahinkommt. Vielleicht über die Wiese?»

Der junge Mann zuckte die Schultern und entschuldigte sich, dass er nicht weiterhelfen konnte.

Im Dorf am Bach schlug Silvias Vater noch in der Küche die Zeitung auf. Im Regio-Teil, der in diesem Lokalblatt zuerst kam, war eine kleine Notiz.

«Verletzte Frau am Waldrand gefunden.

Wie die Kantonspolizei gestern bestätigte, wurde am späteren Nachmittag am Waldrand eine schwerverletzte Frau aus dem Hügeldorf gefunden, vom Notfallarzt versorgt und mit Krankenwagen in die Klinik gebracht. Da die Angehörigen noch nicht verständigt werden konnten, hält die Polizei den Namen zurück. Über die Art der Verletzung wurde ebenfalls nichts bekanntgegeben. Nur dass die Frau in Lebensgefahr schwebe. Da sich die Örtlichkeit nicht an einer Strasse befindet, würden wir auch ein Verbrechen nicht ausschliessen.

Sobald nähere Angaben vorliegen, werden wir wieder informieren.»

Heinz Hefti brummte vor sich hin.

«Hast du was gesagt?», fragte Silvia.

«Nein, da steht nur etwas in der Zeitung. Da ist eine Frau gefunden worden. Aber keine Angaben was los war. Die sollen doch zuerst recherchieren, bevor sie Gerüchte in die Welt setzen.»

Er trank seinen Kaffee aus und verzog sich, die Zeitung mitnehmend, ins Wohnzimmer.

Silvia machte ihren morgendlichen Turnus im Haushalt. Gestern hatte sie genug eingekauft, dass es für heute und vielleicht sogar noch morgen reichte.

Es gab also einen Haus-Tag, wie sie es bei sich nannte. Zuerst räumte sie die Küche auf, putzte das Bad, machte die Betten und nahm sich dann noch irgendetwas Spezielles vor. Sie reinigte zum Beispiel den Boden im Flur oder entrümpelte einen Kasten, einfach Sachen, die nicht zur wiederkehrenden Routine gehörten.

Während sie das Elternschlafzimmer in Ordnung brachte, überlegte sie, was sie heute erledigen wollte. In Gedanken ging sie durch die Räume im Haus. Da ihr nirgends etwas Dringendes vor das geistige Auge sprang, gelangte sie bis zum Dachboden.

Dort hatte sie doch vor Monaten angefangen, alte Schachteln auszuräumen, jedoch aus irgendeinem

Grund, an den sie sich nicht mehr erinnerte, aufgehört. Das wäre eine lohnende Aufgabe. Die Familie war ausser Haus und ihr Vater liess sie da oben in Ruhe.

Sie schaute kurz ins Wohnzimmer.

«Brauchst du noch etwas? Ich bin mal für ein, zwei Stunden auf dem Dachboden. Bitte ruf mich nicht.»

Ihr Vater schaute vom Sportteil auf und nickte zustimmend.

Die Berichte der Spurensicherung lagen vor. Bei den Gegenständen von Hedwigs Tasche gab es ausser von der Toten nur auf dem Portemonnaie einen brauchbaren fremden Fingerabdruck. Der konnte von diesem Hundebesitzer sein. Bachmann hatte doch erwähnt, dass jener die Tasche nach einem Ausweis durchsucht hatte. Alle anderen waren verwischt.

Das Handy war vom Schmutzwasser tatsächlich unbrauchbar, konnte aber über die Sim-Karte Schwester Hedwig zugeordnet werden.

In der Wohnung war nichts Interessantes mehr gefunden worden. Es gab praktisch keine private Korrespondenz. Insbesondere keine Droh- oder Erpresserbriefe.

Das Messer war abgewischt worden, wies aber in der Rille zwischen Griff und Klinge Blutreste auf, die von der Schwester stammten. Es war die Tatwaffe.

Die Handtasche von Dorothee Schär war aus Leder. Darauf gab es ebenfalls nur verwischte Fingerabdrücke, mit Ausnahme denen einer rechten Hand, die darüber lagen. Das musste Beckmann gewesen sein, als er sie aufhob.

Dasselbe Bild bei der zweiten Tatwaffe. Dort konnte

mehr Blut sichergestellt werden. Sie war also nicht so gründlich gereinigt worden.

Beide Messer waren vom gleichen Typ, sogar derselben Firma. Allerdings wies das bei Hedwig benutzte leichte Scharten auf, während das andere neu war.

Hunziker ging die Inhalte der beiden Taschen durch. Die Listen waren beinahe identisch. Auffallend für Frauen, war das Fehlen von Kosmetikartikeln. Sonst waren es ganz normale Gegenstände.

Irgendetwas störte Hunziker. Okay, die Handys waren anderswo gefunden worden. Aber er hatte das Gefühl, dass noch etwas fehlte.

Er überlegte was seine Frau so alles mitführte. Portemonnaie, Kamm, Taschentücher, Schlüssel, vielleicht Bonbons.

Er griff zum Telefon und rief sie an.

«Nimm mal deine Handtasche und zähl mir auf, was du drin hast», forderte er sie auf.

«Spinnst du?», fragte sie empört.

Er erklärte ihr den Grund und sie willigte, mürrisch etwas von Privatsphäre murmelnd, ein.

«Portemonnaie, Ausweise, Lippenstift, Taschentücher, Kugelschreiber», durchsuchte sie die einzelnen Fächer.

«Wenn ich ausgehe natürlich die Schlüssel», ergänzte sie.

«Hm, habe ich auch alles hier», brummte er.

«Gut, danke hast mir geholfen, das heisst eigentlich nicht», verabschiedete er sich und legte auf.

Sein Blick ging die Liste durch und blieb am letzten Wort hängen. Kugelschreiber!. In allen drei Handtaschen befanden sich Kugelschreiber. Wozu, wenn man nichts hatte, worauf man schreiben konnte?

Er rief seine Frau nochmals an.

«Was soll ich diesmal aufzählen?», fragte sie belustigt.

«Wozu hast du einen Kugelschreiber dabei?», wollte er wissen.

Er merkte, wie seine Frau langsam an seinem Verstand zweifelte.

«Zum Aufschreiben natürlich!»

«Ja klar, aber worauf?»

Jetzt verstand sie.

«Ach das kleine Fach habe ich total vergessen. Da habe ich ein Notiz- und Adressbüchlein. So einen flachen Kalender, du hast ihn doch auch schon gesehen.»

Hunziker erinnerte sich an das Büchlein. Es befand sich in einem kleinen, mit Reissverschluss verschliessbaren Fach auf der Rückseite der Handtasche.

Seine Frau benutzte es eigentlich nur in den Ferien, wenn sie, noch ganz altmodisch, Postkarten schrieb.

Er bedankte sich.

«Ich will jetzt einkaufen gehen oder rufst du nochmal an?», erkundigte sie sich.

«Nein geh nur», versicherte er und verabschiedete sich.

Das Notizbuch. Jeder hatte doch irgendetwas, in dem Adressen oder Telefonnummern notiert waren. Okay mit den Handys fiel das heute nicht mehr so ins Gewicht. Den Kalender konnte man dort ebenfalls nachsehen, aber für Notizen eignete es sich nicht so gut.

Zumindest die Schwester war sicher noch so altmodisch, dass sie auf Papier schrieb. Auch Dorothees Kugelschreiber machte ohne Notizbüchlein nicht viel Sinn, obwohl er bei ihr nicht sicher war. Als Controllerin war sie im Umgang mit Computern bestimmt geübt. Ihr Handy war wahrscheinlich auch moderner, vielleicht ein Smartphone. Er hatte vergessen Bachmann zu fragen.

Trotzdem stand es für Hunziker fest. Der Täter hatte nach den Notizbüchern gesucht. Er war nicht am Geld interessiert. Deshalb hatte er auch die Scheine in Dorothees Portemonnaie gelassen. Da war nicht der Zeitdruck schuld, wie Küenzler gestern auf der Heimfahrt noch vermutet hatte.

Was nur stand für den Täter kompromittierendes in diesen Büchlein?

Da Silvia wusste, was sie in ihre eigenen Umzugskarton gepackt hatte, nahm sie sich zuerst die Schachteln, die von ihren Eltern stammten, vor.

Schon bei der zweiten stiess sie wieder auf die Fotos, die sie als junges, pummeliges Mädchen zeigten.

Die waren nicht schön. Sie wollte nicht daran erinnert werden, wie sie damals ausgesehen hatte.

Überhaupt dieses blöde Jahr, in dem sie von zu Hause weg gelebt hatte, lag ihr auf dem Magen.

Sie zerriss die Fotos und warf sie in eine grosse Schachtel, die sie für Abfall vorgesehen hatte.

Heute wollte sie sich nicht von Erinnerungen überfluten lassen. Sie arbeitete zügig vorwärts und sortierte rigoros aus.

Alles was Papier war, warf sie in die Schachtel. Gegenstände legte sie auf einen Haufen, den konnte man später an der Abfallsammelstelle der Gemeinde entsorgen.

Was sie als noch wirklich brauchbar erachtete, verpackte sie neu. Bald hatte sich das Gerümpel um die Hälfte reduziert.

Nach einer Weile schaute sie zufällig auf die Uhr, bevor sie einen neuen Karton in Angriff nahm.

Ach herrje, sie hatte schon zwei Stunden gearbeitet und nicht gemerkt, wie die Zeit vergangen war.

In dreissig Minuten kamen die Jungen aus der Schule und sie hatte noch nicht gekocht.

Sie stand auf und bog den Rücken durch. Jetzt erst merkte sie die Schmerzen, die durch die gebückte Haltung entstanden waren.

Schluss für heute.

Sie ging nach unten. Ihr Vater hatte sich auf die Terrasse gesetzt.

«Sieht man dich auch wieder einmal», knurrte er.

Sie beschloss, nicht darauf einzugehen.

«Haben wir eigentlich den Leiterwagen noch?», fragte sie stattdessen.

Er nickte und zeigte auf den kleinen Schuppen, in dem er sein Gartenwerkzeug untergebracht hatte.

«Was willst du damit?»

«Heute ist Mittwoch. Da hat die Abfallsammelstelle offen», erklärte sie.

«Ich habe altes Gerümpel, das entsorgt werden muss. Das können die Jungen machen.»

Ihr Vater brummte etwas in den Bart.

Silvia, die schon in die Küche wollte, drehte sich um.

«Was hast du gesagt?»

«Dass die sicher besseres vorhaben, an ihrem freien Nachmittag», wiederholte er lauter.

Doch seine Tochter zuckte unbeeindruckt die Schultern und ging wortlos weg.

Küenzler studierte die Verbindungsnachweise von Hedwigs Festnetzanschluss und dem Handy. Die Listen gingen bis zum Ersten des Vormonats zurück.

Die meisten Nummern kehrten mehrmals wieder. Es waren die Zentrale des Pflegedienstes und einige Patienten.

Vor ungefähr drei Wochen tauchte Dorothee Schärs Nummer auf dem Festnetz auf. Dann noch einmal am Abend des Mordes. Viel telefoniert hatten die beiden also nicht.

Das erste Gespräch dauerte nur knapp zwei Minuten. Vielleicht wieder eine Einladung zum Kaffee? Sie mussten aber miteinander gesprochen haben, denn die Nachricht auf dem Anrufbeantworter war nur mit dreissig Sekunden verzeichnet.

Der Polizeiwachtmeister suchte nach der Nummer auf dem Notizblock. Die erschien nur einmal. Drei Tage nach dem Anruf von Dorothee hatte die Schwester mit dieser Nummer gesprochen. Wieder vom Festnetz aus. Es war ebenfalls kein langer Anruf, nur drei Minuten.

Vielleicht hatte es sich um einen Angehörigen eines Patienten gehandelt, der von der Schwester kontaktiert wurde. Das würde auch erklären, weshalb sie die ihr unbekannte Nummer aufgeschrieben hatte.

Der Beamte stellte den Inhaber fest. Jakob Trautmann im Dorf am Bach.

Küenzler grinste. Das kannte er von früheren Ermittlungen.

«Erinnerst du dich an das Dorf am Bach?», erkundigte er sich bei Hunziker.

«Natürlich, da haben wir doch auch schon ermittelt», erwiderte dieser.

Da hatten sie einmal einen Täter verhaftet, Hunziker scheute sich heute noch, diesen als Mörder zu bezeichnen, der eigentlich nur seine Tochter vor sexuellem Missbrauch schützen wollte.

«Was ist damit?», fragte er.

«Nichts», erwiderte Künzler.

«Die Nummer vom Notizblock gehört dahin.»

«Verdächtig?»

«Ich glaube nicht. Sie kommt nur einmal vor.»

Küenzler erläuterte seine Überlegungen und Hunziker stimmte zu.

«Sonst noch etwas Verdächtiges?», wollte er wissen.

Sein Kollege verneinte. Das Handy war noch weniger interessant, da darauf offenbar wirklich nur dienstliche Gespräche geführt worden waren.

Lediglich eine Nummer erschien nur einmal und zwar als Anrufer. Küenzler hatte festgestellt, dass es sich um eine der wenigen öffentlichen Telefonzellen bei der Post in der Kleinstadt handelte. Der Anruf war drei Tage vor dem Mord im Laufe des Vormittags, also während die Schwester im Dienst war, eingegangen.

Da dort sonst keine privaten Anrufe verzeichnet waren, mass Küenzler diesem auch keine Bedeutung zu.

Hunziker informierte ihn bezüglich seiner Erkenntnisse.

Sein Kollege lehnte sich zurück.

«Weisst du was», überlegte er.

«Vielleicht rollen wir den Fall von der falschen Seite auf.»

Hunziker runzelte fragend die Stirne.

«Wenn die beiden über Informationen verfügten», fuhr Küenzler fort.

«Könnten sie ihn erpresst haben.»

Hunzikers Miene verriet Skepsis.

«Das scheint mir bei der Schwester aber weit hergeholt», meinte er.

«Okay, vielleicht nicht eigentlich Erpressung», gab sein Kollege nach.

«Als Schwester bekommt man doch einen Einblick ins Privatleben der Patienten oder deren Familien», erläuterte er seine Gedanken.

«Was, wenn sie etwas wusste, dass jemandem gefährlich werden würde?»

«Das erzählt sie dann ausgerechnet dieser Dorothee», zweifelte Hunziker, der an die Integrität der Schwester glaubte.

«Diese Hedwig ist sehr gewissenhaft, das geht aus der Aussage des Hausmeisters und auch aus den Unterlagen hervor. Die plaudert nicht einfach berufliche Sachen aus.»

«Auch solche Personen müssen einmal Dampf ablassen», wandte Küenzler ein und dachte daran, dass er seiner Frau auch schon mal unerlaubt etwas erzählt hatte.

Hunziker, der das ebenfalls nachvollziehen konnte, nickte.

«Das würde aber bedeuten, dass sich die Schwester und die Schär wirklich nahestanden», folgerte er.

«Dagegen sprechen jedoch die seltenen Telefonate und

die förmliche Einladung auf dem Anrufbeantworter. Sie haben sich auch noch mit «Sie» angesprochen», schüttelte er den Kopf.

«Ich glaube, der Täter hat die Frauen zu der Bank bestellt. Fragt sich nur wie?»

«Und wann?», setzte er nach einem Augenblick mit verändertem Tonfall hinzu.

Küenzler schaute auf.

«Hast du eine Idee?»

«Ich habe mir gerade überlegt, dass die Einladung zum Kaffee ja ausgesprochen wurde, nachdem die Schwester schon tot war. Entweder wusste Dorothee nichts von dem Treffen oder sie hatte ihre eigene Verabredung noch nicht erhalten.»

Er merkte, dass Küenzler seinen Gedanken nicht nachvollziehen konnte.

«Sie fragt nicht, wie das Treffen verlaufen ist», erläuterte der Polizeileutnant.

«Sie informiert aber auch nicht, dass sie ebenfalls zu der Bank bestellt ist und zwar vor dem Kaffeekränzchen.»

Jetzt verstand Küenzler.

«Du meinst keine der Beiden wusste von der anderen, dass eine Verabredung getroffen wurde.»

«Genau und deshalb gingen diese vom Täter aus.»

«Bekommen wir die Verbindungsnachweise von Dorothee Schär?»

Als Opfer wurde ihre Privatsphäre geschützt und es brauchte mehr Aufwand, um an persönliche Daten zu kommen. Hunziker bestätigte aber, dass sie die Listen noch im Laufe des Tages bekommen sollten.

Bachmann setzte sich auf dem Parkplatz der Klinik ins Auto und googelte. Er ging bis auf zwanzig Meter hinunter und schaute sich das Satellitenbild an. Er entdeckte einen Feldweg, mehr eine Lücke, der parallel zum Wald ungefähr in der Mitte zwischen diesem und dem Bach verlief.

Bachmann konnte sich nicht erinnern, diesen in Natura gesehen zu haben. Er beschloss hinzufahren.

Er parkierte am Bach und marschierte den schon bekannten Weg in Richtung Wald, den er bisher nur im Auto zurückgelegt hatte. Er wäre fast vorbeigegangen, denn der abzweigende Weg war grasbewachsen. Es sah aus wie ein etwas breiterer Wiesenstreifen, als Trennung zwischen den Feldern. Lediglich eine alte Fahrspur war leicht sichtbar. Weiter vorne führte sie durch Maisfelder.

Bachmann sah zum Waldrand. Von dort aus, musste jemand «verschwinden», wenn er, oder sie, den schon höherstehenden Mais erreichte.

Es war aber auch die einzige Möglichkeit, sofern man nicht den Wald als Fluchtweg benutzen wollte.

Bachmann beschloss Nägel mit Köpfen zu machen. Er ging zur Bank hoch. Dort sah er auf die Uhr, bevor er umkehrte.

Er ging zurück bis zum Forstweg und betrat diesen. Dort wartete er zwei Minuten. Dann ging er wieder den Weg hinunter und bog ins Gras ab. Von der Abzweigung bis zu dem Maisfeld brauchte er zweieinhalb Minuten, insgesamt waren es fünf bis sechs vom Forstweg aus. Er wusste nicht wie lange sich die Person, er scheute sich jetzt an einen Täter zu denken, im Wald verborgen gehalten hatte, aber es konnte zeitlich gut hinkommen, dass es sich mit der Aussage des Sanitäters deckte.

Bachmann ging weiter. Nach einer Weile hörte der Mais auf, weil der Pfad in einen Weg mündete, der wieder zum Bach führte. Der Polizist folgte ihm und kam direkt bei der Brücke heraus. Bingo!

Nachdem er wieder beim Streifenwagen war, rief er Hunziker an.

«Ich habe den Fluchtweg entdeckt», frohlockte Bachmann und schilderte seine Wanderung.

«Halt dich fest. Der Sanitäter hat von einer Frau gesprochen. Allerdings konnte er die Person nur einen kurzen Augenblick aus grosser Entfernung sehen», schloss er seinen Bericht.

Beckmann wäre am liebsten noch einen Tag zu Hause geblieben. Aber er wusste, dass er dann dauernd an den Verdächtigungen herumstudieren würde.

Es war einfach ungerecht, schliesslich hatte er nur helfen wollen. Es war aber auch Pech, zweimal als erster an einem Tatort vorbeizukommen.

Also fuhr er zur Arbeit. Das lenkte ihn wenigstens ab.

Sein Arbeitsort, er war Koch in der Kantine einer grösseren Firma, lag jenseits der Kantonsgrenze, aber viele Mitarbeiter kamen aus dem Oberland.

Da auch die Essensausgabe in seinen Aufgabenbereich fiel, kannte er die meisten. Nicht unbedingt beim Namen, aber eben vom Sehen. Manchmal gab es einen «Stau» und man sprach miteinander oder die Anstehenden unterhielten sich während die Schlange langsam vorrückte.

Deshalb rechnete er damit, dass die Verbrechen diskutiert wurden.

Er hatte sich vorgenommen, den Mund zu halten, selbst wenn er auf seinen Wohnort angesprochen würde. Doch niemand sagte irgendetwas, schon gar nicht zu ihm.

Lediglich nach seinem Gesundheitszustand wurde gefragt. Er schob eine Magenverstimmung vor und alle beglückwünschten ihn zur schnellen Besserung.

Jetzt war er leicht enttäuscht. Er war gestern eine wichtige Person gewesen und versank jetzt wieder in der Bedeutungslosigkeit. Das war beinahe so ungerecht, wie die Verdächtigungen.

Beim Aufräumen dachte er an die Verletzte. Sie war eine hübsche Frau. Etwas jünger als er, schätzte er.

Allerdings schien sie einen Büroberuf zu haben. Das schloss er aus der Kleidung der Toten. An seinem Tresen gingen Leute aus allen Abteilungen und Kaderstufen vorbei und er hatte mit der Zeit ein Auge dafür entwickelt. Sie war keine einfache Sekretärin, sondern hatte wahrscheinlich einen gehobenen Posten.

Das war nicht sein gewohnter Umgang. Trotzdem hätte er sie gerne wiedergesehen.

Nun er hatte einen Grund, er durfte sich als ihr «Retter» nach ihrem Zustand erkundigen. Er wusste ja, wohin sie gebracht worden war.

Gut gelaunt summte er vor sich hin.

«Dir geht's wirklich wieder gut», lachte die Kollegin, welche die Abwaschmaschine bediente.

Beckmann nickte lachend zurück.

In einer Stunde hatte er Feierabend. Dann würde er

Blumen besorgen, an der Klinik vorbeifahren und diese Dorothee besuchen.

Zum Joggen war ihm für heute sowieso die Lust vergangen.

In Dorothees Firma machte man sich Sorgen. Die junge Frau war sehr gewissenhaft. Sie hatte noch nie unentschuldigt gefehlt.

Ihr Chef rief bei ihr zu Hause an, aber niemand nahm ab. Also war sie entweder nicht da oder sie konnte, warum auch immer, nicht ans Telefon kommen. Da ihr Chef wusste, dass sie allein lebte, stellte er sich schreckliche Möglichkeiten vor. Sie lag vielleicht mit gebrochenem Bein auf der Treppe oder etwas in der Art.

Vor der Mittagspause beschloss er, zu handeln. Er bat eine Kollegin aus der Buchhaltung, bei Dorothee vorbeizufahren.

Diese stand vor verschlossener Tür und versuchte durch die Fenster ins Haus zu sehen. Dabei rief sie laut nach ihr.

Da kam die Nachbarin, die schon am Vorabend Auskunft gegeben hatte, an den Zaun.

«Hallo, Sie», machte sie die Besucherin auf sich aufmerksam.

Diese war froh endlich eine Ansprechperson zu haben und trat ebenfalls zum Zaun.

«Ich bin eine Arbeitskollegin», erklärte sie.

«Frau Schär ist heute nicht erschienen und telefonisch erreichen wir sie nicht.»

«Sie hatte einen Unfall», nickte die Nachbarin und erzählte von dem gestrigen Besuch der Polizei.

«Genaueres weiss ich auch nicht. Fragen Sie da mal nach.»

Die Kollegin dankte und verabschiedete sich.

Als ihr Chef die Neuigkeit hörte, griff er zum Telefon und rief bei der Kantonspolizei an.

Er wurde mit Bachmann verbunden. Dieser fluchte innerlich.

Er hatte sich nicht mit Hunziker abgesprochen, wer die Firma verständigte und was dort erzählt wurde. Deshalb bestätigte er nur, dass Frau Schär im Krankenhaus lag, wollte aber keine weiteren Angaben machen. Er schrieb sich jedoch die interne Nummer auf.

Dann informierte er Hunziker, der versprach, den Chef zu kontaktieren.

Der Polizeileutnant dachte sich, dass er auf diesem Weg, etwas über den gestrigen Tagesablauf der Verletzten erfahren könnte.

Zur Erklärung sagte er nur, dass man nicht genau wisse, wann der Unfall passiert sei.

Allerdings wusste der Chef nicht allzu viel. Die Angestellten mussten keine fixen Bürozeiten einhalten. Feststand, dass Dorothee am Nachmittag noch gearbeitet hatte. Als der Chef um sechzehn Uhr von einer Sitzung zurückkehrte, war sie jedoch schon gegangen.

«War es Fahrerflucht?»

«So ähnlich. Wir haben keine Zeugen», wich Hunziker aus.

«Können Sie rumfragen, wann sie gegangen ist? Das würde uns sehr helfen. Vielen Dank.»

Der Chef rief zehn Minuten später zurück.

«Sie ist um halb vier Uhr weg. Das ist sehr früh für ihre

Verhältnisse, aber ihre Bürokollegin sagt, sie hat ungefähr eine Stunde vorher einen Anruf erhalten und zwar auf dem privaten Handy. Die Kollegin hat gehört, wie sie sich verabredet hat. Nachher war sie unkonzentriert, hat oft aus dem Fenster gesehen und war sehr nervös. Sie hat zweimal versucht, jemanden anzurufen, aber denjenigen nicht erreicht.»

Hunziker bedankte sich.

Er wandte sich an Küenzler und erzählte ihm, was er erfahren hatte.

«Frag mal beim Anbieter, ob Hedwig gestern Nachmittag Anrufe auf dem Handy erhalten hat.»

Nach einer weiteren halben Stunde wussten sie, dass Dorothee verzweifelt versucht hatte die Schwester zu erreichen.

Entgegen den Vermutungen ihres Grossvaters, hatten die Jungen einen Riesenspass, den Krempel auf dem Leiterwagen zu verstauen und zur Gemeindescheune zu fahren.

Es hatte auch Porzellan und Glas darunter, das sie dort in der dafür vorgesehenen Mulde mit Vergnügen zerschlugen.

Beim Abendessen erzählten sie immer noch begeistert, wie es geschappert hatte.

Jakob schmunzelte und schaute amüsiert zu Silvia, die aber eher unbeteiligt wirkte.

«Dann ist jetzt also alles weg?», sprach er sie an.

«Nein es hat noch einen grossen Karton mit Papier», seufzte Silvia.

«Ich weiss nicht, was ich damit machen soll. Es sind lose Blätter, das lässt sich nicht bündeln.»

«Na dann leer es doch als Ausnahme in einen Abfallsack und gib es der Kehrichtabfuhr mit», schlug ihr Mann vor.

«Das muss man zu zweit machen. Es ist sehr viel. Einer muss den Sack halten und der andere die Schachtel leeren. Die ist aber sehr schwer.»

Jakob stupste Johannes an.

«Hilfst du mir?»

Der Junge nickte bereitwillig.

Nach dem Essen gingen sie, bewaffnet mit einem grossen Sack, auf den Dachboden.

Die Schachtel war wirklich schwer. Ausserdem war sie zu gross, um den Sack darüber zu stülpen. Also versuchte Jakob sie übers Eck hinein zu leeren. Trotzdem fielen einzelne Blätter zu Boden. Andere verkeilten sich und mussten von Hand umgeschichtet werden. Endlich war sie leer.

Nachdem Johannes noch die Blätter vom Boden aufgelesen hatte, wollte er nach unten.

Jakob band den Sack zusammen und versuchte die Schachtel so aufzureissen, dass man sie flach zusammengelegt der Kartonabfuhr mitgeben konnte. Einzelne kleine Schnipsel fielen heraus. Sie mussten zwischen den Kartonteilen festgesteckt haben. Jakob hob sie auf und wollte sie noch in den schon zugebundenen Sack zwängen, als er bemerkte, dass es zerrissene Fotos waren.

Automatisch setzte er sie zusammen. Es waren offenbar drei Fotos gewesen, aber nur eines davon war vollständig.

Es zeigte Silvia, aber er musste zweimal hinschauen. So kannte er sie nicht. In seiner Erinnerung war sie immer schlank gewesen. Auf den Bildern war sie jedoch rundlich, um nicht zu sagen dick.

Doch etwas störte ihn. Dann dämmerte es ihm. Sie war nicht dick, sie war schwanger.

Jakob setzte sich auf eine Kiste. Die Erkenntnis hatte ihn geschockt. Das Foto zeigte eine sehr junge Silvia. Es musste lange vor seiner Hochzeit aufgenommen worden sein.

Er hatte tausend Fragen.

Die wichtigste war: Was ist mit dem Baby passiert?

Die nächste: Wer ist der Vater?

Die dritte: Wussten Silvias Eltern davon?

Jakob atmete tief durch. Es war ihm klar, dass er sehr behutsam vorgehen musste.

Er nahm die Schnitzel und zog sich ins Schlafzimmer zurück. Er wollte sie irgendwo verstecken. Das war gar nicht so einfach, denn Silvia konnte überall hineinsehen. Sie würde jedoch das Briefgeheimnis wahren.

Er ging ins Wohnzimmer und holte einen Umschlag, schrieb eine fiktive Adresse darauf, legte die Schnitzel hinein und klebte ihn zu.

Dann deponierte Jakob den Brief in seiner Nachttischschublade.

Sollte ihn Silvia darauf ansprechen, würde er so tun, als ob er vergessen hätte, ihn abzuschicken.

Polizeileutnant Bruno Hunzikers Frau Flora beschloss nach dem Mittagessen, sich einmal die Jacken ihres Mannes vorzunehmen. Er besass mehrere, da er oft auch bei schlechtem Wetter draussen Dienst tun musste.

Heute war schönes Wetter angesagt, weshalb er nur

einen Blazer trug. Alle Outdoor-Jacken hingen in der Garderobe. Die Gelegenheit war günstig.

Sie nahm eine Kleiderbürste und einen feuchten Lappen und begann die Jacken zu reinigen. Dabei kehrte sie auch die Taschen um, in denen sich neben Bröseln und Textilstaub auch Bonbonpapiere und anderer Kleinabfall befand, wie er sich nach längerem Gebrauch eben ansammelte.

Vorgestern hatte er wegen dem Gewitter die Regenjacke getragen. Gestern hatte er die blaue angezogen. Als sie zu dieser kam, merkte sie gleich, dass in einer der Taschen etwas Grösseres steckte.

Es war ein mit Kugelschreiber beschriebenes Büchlein, aber nicht Brunos Handschrift. Wahrscheinlich ein Beweisstück, das ihr Mann vergessen hatte. Sie fasste es vorsichtig mit zwei Fingern an der Ecke und wollte es zur Seite legen, aber es glitt ihr aus der Hand und fiel zu Boden. Dabei rutschte ein einzelner Zettel heraus.

«Dieses Buch ist im Falle meines Todes an Dorothee Schär auszuhändigen», stand mit Druckbuchstaben darauf.

Darunter eine Unterschrift, die Flora nicht sicher entziffern konnte. Sie vermutete, dass der zweite Name Hedwig sein könnte. Es gab ja Personen, die den Vornamen hinter dem Nachnamen nannten.

Der erste begann mit einem Sch, dann folgte vermutlich ein w. Schweizer? Schwitter? Schwester!

Natürlich der aktuelle Fall. Ihr Mann hatte von einer toten Krankenschwester gesprochen, als er Montagnacht durchgefroren nach Hause kam.

Sie hatte definitiv ein Beweisstück in den Händen. Sie klappte es auf, um das Blatt hineinzulegen. Es war ein Tagebuch. Ein zwanzig Jahre zurückliegendes Datum stand da. Na das hatte sicher nichts mit dem Todesfall zu tun.

«Heute habe ich Dorothee wiedergetroffen. Was für ein Glücksfall!», las sie automatisch weiter.

Flora setzte sich fasziniert hin. Seite um Seite verfolgte sie zusammen mit der Schwester, wie das Mädchen aufwuchs.

Je älter es wurde, umso seltener waren die Einträge. Dann zog es in eine Kleinstadt und es gab sehr grosse Lücken.

Bis letztes Jahr. Flora las vom Tod des Vaters, dem Selbstmord der Mutter.

Das war wie ein Roman. Flora wusste, dass sie etwas Verbotenes tat, aber sie konnte sich nicht von der Lektüre losreissen.

Bis jetzt hatte das Buch nur von Dorothee und ihren Eltern gehandelt. Doch jetzt kam eine andere Person ins Spiel.

Mit grosser Spannung verfolgte Flora, wie die Schwester Dorothees leibliche Mutter ausfindig machte. Sogar den Namen und die Adresse hatte sie aufgeschrieben.

Dann kam der Gewissenskonflikt den Dorothee ausfocht, ob sie die Mutter suchen sollte. Die Schwester hatte ihr nichts verraten.

Dann gab es nur noch Stichworte. Ein Datum vor ungefähr drei Wochen. «Dorothee will Mutter kontaktieren».

Drei Tage später. «Anruf bei Silvia».

Vier Tage später. «Treffe Silvia in Kaffee beim Supermarkt» und auf einer neuen Zeile: «Silvia meldet sich wieder bei mir».

Flora vermutete, dass der zweite Satz nach dem Treffen geschrieben worden war.

Dann kam der letzte Eintrag. Das Datum war der letzte Sonntag. «Morgen Entscheidung».

Sie hatte der Schwester einen gewaltsamen Tod gebracht.

Flora Hunziker sass wie erschlagen im Sessel. Was sie da in den Händen hielt, war eine Tragödie, die in einem Mord endete.

Zwei Morden? Ihr Mann war gestern noch einmal aufs Land gerufen worden. Er hatte aber nichts darüber gesagt, keinen Ort oder Namen genannt und keine Andeutungen gemacht.

Flora sah auf die Uhr. Es war schon fünf. Wann würde Bruno nach Hause kommen. Sie rief auf seinem Handy an.

«Schatz, das ist aber eine Überraschung», lachte Hunziker, der selten Telefonate von seiner Frau erhielt.

«Bruno, ich habe etwas Schreckliches getan», sagte sie kleinlaut.

«Doch nicht jemanden umgebracht», versuchte er, beruhigend zu scherzen, weil die Vergehen seiner Frau sicher belanglos waren.

«Ich habe in deinem Beweis gelesen», gestand sie ihm.

Hunziker verstand nur Bahnhof.

«Welcher Beweis?»

«Na, das Tagebuch in deiner Jacke. Ich wollte sie sauber machen und da habe ich es gefunden.»

Jetzt erinnerte er sich. Das kleine Büchlein vom Nachttisch der Toten, das er eingesteckt und dann vergessen hatte. Er hatte ebenfalls das erste Datum gesehen und es als irrelevant abgetan.

«War es spannend?», lachte er amüsiert.

Seine Frau liebte alte Geschichten.

«Die Frau hat sie umgebracht», flüsterte Flora.

Jetzt sass Hunziker aufrecht am Schreibtisch.

«Welche Frau hat wen umgebracht?»

«Na Dorothees Mutter hat die Schwester getötet.»

Hunziker war verwirrt.

«Setz dich in die Strassenbahn und komm sofort her. Mit dem Buch!»

Eine halbe Stunde später betrat Flora das Büro der Kriminalbeamten. Beide sahen ihr gespannt entgegen. Es war ihr peinlich, dass Küenzler auch anwesend war, aber Hunziker konnte darauf keine Rücksicht nehmen.

Flora übergab ihm das Büchlein.

«Es handelt von einem adoptierten Kind, Dorothee, das die Schwester offenbar als Baby kannte. Es wohnt zufällig im selben Dorf. Dann hat die Schwester wieder durch Zufall die leibliche Mutter gesehen und erfahren wo sie wohnt.»

«Hat sie sie erpresst?», warf Küenzler ungeduldig ein.

«Nein, aber Dorothee wollte sie treffen und kennenlernen», antwortete Flora etwas irritiert und deutete auf das Tagebuch.

«Die letzten Seiten sind interessant.»

Hunziker sah jetzt klarer. Er schlug das fast vollgeschriebene Büchlein von hinten auf und blätterte die noch leeren Seiten durch. Dann überflog er die Stichworte.

«Auf wen lautet der Anschluss im Dorf am Bach?», erkundigte er sich bei Küenzler.

«Jakob Trautmann»

«Schau mal unter Hefti nach», bat Hunziker.

«Es gibt einen Heinz Hefti, dieselbe Adresse», stellte Küenzler fest.

Jetzt war auch der letzte Groschen gefallen. Die Mutter hatte wieder geheiratet, vielleicht waren noch andere Kinder dazugekommen. Dann steht nach rund dreissig Jahren die Vergangenheit vor der Tür und die Frau dreht durch.

«Fahr nach Hause», wies er Flora an.

«Wir müssen nochmals los und es kann spät werden.»

Unterwegs diskutierten sie, wie sie vorgehen wollten. Sie hatten ausser dem Büchlein und der Telefonnummer keinen Beweis.

Vor allem wussten sie nicht, wie die Mutter reagierte. Wusste sie überhaupt, dass Dorothee noch lebte und wenn ja, machte sie einen neuen Mordversuch.

Hunziker rief Bachmann an, informierte ihn und bat darum, jemanden vor der Tür von Dorothees Zimmer zu postieren. Mindestens solange bis sie mit der Mutter gesprochen hatten. Bachmann wollte das selbst tun, sofern er nicht im Dorf am Bach gebraucht wurde, was nicht der Fall war.

Die Kriminalbeamten wollten dort zuerst unauffällig auftreten, in Ruhe die Lage sondieren.

Jakob Trautmann spazierte gedankenverloren im Garten auf und ab, als Küenzlers Auto vor dem Haus hielt.

Mit unheilvoller Ahnung schaute er den beiden Männern entgegen und war auch nicht sonderlich überrascht, als sich diese vorstellten.

«Was ist passiert?»

«Haben Sie von den Vorfällen im Hügeldorf gehört?», erkundigte sich Hunziker.

Jakob runzelte die Stirn. Normalerweise las er am Abend die Zeitung, doch heute war er dafür nicht in Stimmung gewesen. Das sagte er auch.

«Dort wurde am Montag jemand ermordet und gestern gab es einen Mordversuch an einer jungen Frau. Beide Male am selben Ort am Waldrand.»

Jakob atmete auf. Das hatte nichts mit Silvia zu tun. Sie ging nie spazieren, schon gar nicht allein und so weit weg.

Hunziker registrierte die Erleichterung.

«Haben Sie uns wegen etwas anderem erwartet?»

«Nein, nein, ich habe nur private Sorgen im Moment und dachte jetzt kommt noch etwas dazu», erklärte er.

«Heisst Ihre Frau Silvia?»

Jakob bestätigte es.

«Dann müssten wir mal mit ihrer Frau sprechen», kam Hunziker auf den Grund ihres Besuchs zurück.

Jakob erschrak. Er fasste sich jedoch schnell wieder.

«Sie ist in der Küche.»

Er führte die Beamten zur Haustüre hinein, da der Weg über die Terrasse durch das Wohnzimmer führte, wo die Jungen und der Schwiegervater vor dem Fernseher sassen.

Die Küche war leer.

«Bitte warten Sie hier, ich hole sie», bat er die Beamten.

Silvia hatte sich im Wohnzimmer gerade hingesetzt, als Jakob den Kopf zur Tür hereinstreckte und sie rief.

«Meine Frau», stellte er sie vor.

«Das sind Polizisten, Kriminalpolizei», wandte er sich an Silvia.

«Sie wollen dich sprechen.»

Silvia schaute ihnen ohne Neugier, aber auch ohne Furcht entgegen. Auch Jakob war äusserlich ruhig, aber innerlich sehr angespannt.

Hunziker bemerkte die Ähnlichkeit mit der Verletzten. Frau Trautmann war einfach eine ältere Ausgabe.

Da Jakob keine Anstalten machte, sie allein zu lassen, beschloss Hunziker anzufangen.

«Es geht um den Mord an Schwester Hedwig», eröffnete er das Gespräch.

Er erntete keine Reaktion. Silvia schien nicht interessiert zu sein, wartete einfach ab.

«Wir haben über die Telefongespräche herausgefunden, dass sie hier angerufen hat.»

Küenzler nannte Datum und Uhrzeit.

«Worum ging es da?»

Silvia zuckte die Schultern.

«Mein Schwiegervater lebt auch hier. Vielleicht hat er mit ihr gesprochen», warf Jakob ohne grosse Überzeugung ein.

«Wo waren Sie am Nachmittag des siebzehnten?», fuhr Hunziker fort.

«Weiss ich nicht mehr?», Silvia klang uninteressiert.

«Das ist beinahe zwei Wochen her», wandte ihr Mann ein.

«Sie haben sich doch mit der Schwester im Kaffee des Supermarktes getroffen», sagte Küenzler Silvia auf den Kopf zu.

Jakob war erstaunt. So etwas hätte sie ihm doch erzählt.

Silvia schaute zum ersten Mal ärgerlich auf die Beamten.

«Ach diese Verrückte meinen Sie. Ich wusste nicht, dass es eine Schwester ist. Sie trug normale Kleidung. Behauptete mich von früher zu kennen und weiter so wirres Zeug. Ich konnte sie kaum loswerden.»

Hunziker war sich beinahe sicher, dass es nicht gespielt war. Silvia befand sich in einem psychischen Ausnahmezustand.

«Hat Sie Ihnen ihre Handynummer gegeben?», fuhr er behutsam weiter.

«Ja, aber ich nahm sie nur, damit sie endlich ging.»

«Am letzten Freitag haben Sie sie wieder angerufen?»

Silvia schüttelte den Kopf.

«Warum hätte ich das tun sollen?»

«Um sie am Montag an der Bank zu treffen. Am Waldrand. Bei dem Gewitter.»

Silvias Mund verzog sich zu einem Lachen.

«Sie hat mich nicht gehört wegen dem Donner. Aber jetzt ist sie still, nicht wahr?»

Jakob schaute sie entsetzt an. Seine Frau hatte die Schwester umgebracht. Sie war ganz durchnässt nach Hause gekommen, erinnerte er sich. Sie war durcheinander gewesen, was er auf die Verspätung schob. Dabei kam sie von einem Mord. Aber warum?

Er wollte schon fragen, als Hunziker weiterfuhr.

«Gestern Nachmittag haben Sie dann Dorothee Schär getroffen. Wie haben Sie ihre Nummer gefunden? War sie im Adressbüchlein der Schwester?»

«Wer ist Dorothee Schär? Ich kenne keine Frau, die so heisst», behauptete Silvia.

Hunziker sah einen Moment zögernd zu Jakob. Aber der würde es ohnehin erfahren.

«Ihre uneheliche Tochter», sagte Hunziker ruhig.

Jetzt kam Bewegung in Silvia.

«Ich habe keine Tochter. Das ist eine Lüge, die Schwester hat gelogen und Sie lügen. Ich bin keusch in die Ehe gegangen. Fragen Sie ihn», damit zeigte sie auf Jakob, der sie sanft in den Arm nahm.

«Das weisst du doch. Es gab niemanden vor dir. Das hätten meine Eltern auch gar nicht zugelassen», schluchzte sie.

«Natürlich», beruhigte er sie und warf den Beamten, insbesondere Küenzler, der sich einmischen wollte, einen bittenden Blick zu.

«Wo warst du gestern Nachmittag?», fragte Jakob ruhig.

«Ich habe Kleider angeschaut, das weisst du doch.»

«Hat die junge Frau am Waldrand auch gelogen?», sprach Hunziker beiläufig.

«Mit der habe ich gar nicht gesprochen. Sie hat tatsächlich «MUTTER» zu mir gesagt!»

Was ihr Todesurteil werden sollte, dachte Hunziker. Zum Glück nur sollte.

Silvia sah verzweifelt zwischen den Beamten und ihrem Mann hin und her.

«Diese andere Frau, diese Schwester, hat behauptet, dass die junge Frau meine Tochter sei. Ich bitte Sie, die ist doch schon dreissig. Da wäre ich ja ein junges Mädchen gewesen. Ich hatte keinen Freund und wenn ich schwanger geworden wäre, hätte mein Vater mich zur Abtreibung gezwungen. Es war also gar nicht möglich, dass ich ein uneheliches Kind gehabt habe.»

Silvia schwieg einen Augenblick. Doch der Damm war gebrochen und ihre ganze Verzweiflung brach heraus.

«Diese Schwester hat mir gedroht, dass sie meine Adresse an meine ‚TOCHTER' weitergebe. Da musste ich sie zum Schweigen bringen. Sie hätte meine Familie zerstört. Ich habe sie gebeten, damit zu warten. Dann wurde mein Zahnarzttermin verschoben und ich hatte einen freien Nachmittag. Die Gelegenheit war günstig. Aber dann wusste ich nicht, wieviel sie doch schon erzählt hatte, also musste ich auch diese andere Frau treffen.»

«Die Frau, die Ihnen so ähnlich sieht», warf Hunziker ein.

«Das ist Zufall», tat Silvia das ab.

«Wir müssen Ihre Frau mitnehmen», sagte Hunziker.

«Sie wird aber von einem Psychiater begutachtet und ihre Zurechnungsfähigkeit abgeklärt werden. Sie kann dann auch eine Therapie bekommen.»

Jakob nickte mit Tränen in den Augen.

«Warten Sie», bat er und verschwand.

Nach einem Augenblick kam er zurück und drückte dem Polizeileutnant einen Umschlag in die Hand.

«Darin ist ein Foto, die ich heute gefunden habe. Das braucht der Arzt vielleicht», sagte er leise.

«Ich denke, sie glaubt wirklich, was sie sagt. Sie hat die ganze Geschichte von damals total verdrängt.»

Dann fasste er Silvia um die Taille und führte sie hinaus zum Wagen. Dort küsste er sie auf den Mund.

«Geh ruhig mit. Sie erzählen dir keine Lügen mehr. Ich werde dich besuchen.»

Epilog

Bachmann sass auf einem Stuhl vor Dorothee Schärs Zimmer und las in einer Sportzeitschrift, als Hunziker anrief und Entwarnung gab.

Da sie noch im Auto waren und die Täterin dabei hatten, wollte er keine Einzelheiten durchgeben und vertröstete den Kantonspolizisten auf morgen.

Bachmann hatte es nicht eilig. Er konnte den Artikel auch hier zu Ende lesen. Danach war er aber mit der Meinung des Reporters nicht einverstanden und klappte deshalb das Heft mit einem Brummen zu. Er stand auf.

Die Stationsschwester kam mit jemandem, dessen Gesicht hinter einem Strauss Rosen verborgen war, den Gang entlang.

Vor Bachmann blieben sie stehen und er erkannte den Jogger, der aber normale Kleidung trug.

«Herr Beckmann», begrüsste er den Mann.

«Oh, Sie kennen ihn», sagte die Schwester erleichtert.

«Er hat am Empfang nach Frau Schär gefragt und die haben ihn zu mir gewiesen.»

Sie zuckte entschuldigend die Schultern.

«Ich wusste nicht recht, wie ich mich verhalten sollte.»

«Alles in Ordnung», erwiderte Bachmann.

«Ich breche meine Zelte ebenfalls ab. Die.., äh, Person, die es getan hat, ist in Gewahrsam. Frau Schär ist, zumindest aus polizeilicher Sicht, ausser Gefahr.»

«Da bin ich aber froh», lächelte die Schwester.

Auch Beckmann wirkte befreit.

«Dann bin ich nicht länger verdächtig», meinte er, womit er ein Stirnrunzeln und einen kritischen Blick bei der Schwester auslöste.

«Nein, Sie sind voll rehabilitiert», bestätigte Bachmann und deutete auf die Blumen.

«Was wollen Sie denn damit?»

«Frau Schär bringen und gute Besserung wünschen», erklärte Beckmann.

«Kann man die ins Zimmer stellen?», wandte sich der Polizist an die Schwester.

«Noch nicht, über Nacht sowieso nicht.»

«Aber wenn sie aufwacht, würde sie sicher gerne Blumen sehen», insistierte er.

«Also gut», lenkte die Schwester ein.

«Ich werde dafür sorgen, dass sie den Strauss zu sehen bekommt.»

Bachmann nahm den Stuhl und zupfte mit der anderen Hand an Beckmanns Ärmel. Sie gingen wortlos den Flur entlang. Bei einem Aufenthaltsraum stellte der Polizist seine Last ab und sie wandten sich dem Aufzug zu.

Beckmann hatte gemerkt, dass der andere erst sprechen wollte, wenn sie allein waren.

«Wie geht es ihr? Schläft sie? Darf sie keinen Besuch haben?», platzte er heraus, als sich die Türen des Aufzugs geschlossen hatten.

«Besuch bringt im Moment nichts. Sie liegt im künstlichen Koma.»

Bachmann kümmerte es wenig, ob er gegen irgendeine Schweigepflicht verstiess. Diese Dorothee hatte keine Angehörigen und Beckmann hatte sich bisher rührend um sie gekümmert. So wie sie in der Geschichte zusammenhingen, hatte er ein gewisses Recht auf die Wahrheit.

«So, schlimm?»

«Der Arzt ist zuversichtlich. Er hofft, dass sie spätestens übermorgen zurückgeholt werden kann.»

Er musterte Beckmann, der seinem Blick standhielt.

«Die junge Frau hat neben den körperlichen auch an psychischen Verletzungen zu knabbern», verriet Bachmann ihm vage.

«Sie wird sich sicher nicht gleich in ein Liebesabenteuer stürzen wollen. Wenn Sie nur so etwas suchen, kommen Sie besser nicht mehr her.»

Beckmann wurde rot.

Dann versicherte er, dass er sich wirklich nur wegen ihrem Gesundheitszustand Gedanken gemacht habe.

Ein Jahr später erhielt Bachmann eine Hochzeitseinladung. Sie war an seine Dienststelle adressiert.

Dorothee Schär heiratete tatsächlich Andreas Beckmann. Bachmann grinste. Dann schielte er nach dem Datum.

So ein Mist. Es fiel auf einen Samstag. Nicht auf irgendeinen. Es war ein Fussballspiel in der Stadt angesagt. Die Basler waren zu Gast und was das hiess, wusste so ziemlich jeder, der schon mal etwas vom Schweizer Fussball gehört hatte.

Verfluchte Hooligans! Jeder verfügbare Polizist war aufgeboten. Da konnte man nicht mit einer Hochzeit kommen. Schon gar nicht, wenn man nicht mal zu einer der Familien des Brautpaares gehörte.